지리산 아! 사람아

지리산 아! 사람아 (큰글씨책)

초판 1쇄 발행 2021년 1월 15일

지은이 윤주옥
펴낸이 강수걸
편집장 권경옥
펴낸곳 산지니
등록 2005년 2월 7일 제 333-3370000251002005000001호
주소 부산광역시 해운대구 수영강변대로 140 BCC 613호
전화 051-504-7070 | 팩스 051-507-7543
홈페이지 www.sanzinibook.com
전자우편 sanzini@sanzinibook.com
블로그 sanzinibook.tistory.com

ISBN 978-89-6545-703-9 03810

＊책값은 뒤표지에 있습니다.
＊이 도서의 국립중앙도서관 출판예정도서목록(CIP)은 서지정보유통지원시스템
홈페이지(http://seoji.nl.go.kr)와 국가자료공동목록시스템(http://www.nl.go.kr/
kolisnet)에서 이용하실 수 있습니다.(CIP제어번호: CIP2020055174)

지리산 아! 사람아

뭇 생명의 삶과 쉼터, 미래세대에게 빌려온 국립공원

윤주옥 지음

산지니

지리산 그 아름다움에 반하고 아픔에 공감하다!

여는 글

국립공원, 그 아름다움이 끌어들이는 그림자

1999년 가을, 나는 그냥 산이 아니라 '국립공원'인 산을 처음 만났다. 중산리에서 시작하여 화엄사에서 마무리한 생애 첫 지리산 종주에서 나는 국립공원을 보았다. 촛대봉에서 바라본 세석평전의 아른거림, 눈앞에 펼쳐진 산줄기는 아득하고 평화로웠다.

늦어진 걸음 탓에 돼지령에서 맞이한 어둠은 두려우면서도 동시에 놀라운 경험이었다. 어둠은 스위치를 내리면 한 번에 확 어두워지는, 단지 빛이 사라질 뿐인 현상이 아니라, 저 멀리서부터 뚜벅뚜벅 걸어오는, 그 자체로 존재하는 어떤 것이었다. 다음 날 일어나 화엄사로 향하는 길, 화엄계곡의 나무들은 저마다 다른 모습으로 흙과 바위를 잡고 하늘을 향해, 빛을 향해 오르고 있었다. 걷고 바라보고, 걷고 감동하고, 그렇게 2박 3일을 보냈다.

나는 그때의 짧고도 강렬한 경험으로 국립공원에 푹 빠져버렸다. 그래서 내 삶을—그때 나는 '남은 내 삶'을 이란 표현을 떠올렸던 것 같다— 국립공원과 함께해야겠다고 생각했다. 내가 사랑하는 사람, 내가 아는 사람들에게 국립공원을 보여주고, 내가 본 지금의 모습이 10년 뒤, 100년 뒤에도 사라지지 않도록 내 남은 삶을 바쳐야겠다고 결심했다. 서른세 살의 아이 엄마는 지리산국립공원을 걸으며 지금과는 다른 삶을 꿈꾸게 되었다.

그런 생각을 해서였겠지만 2년 뒤 드디어 '국립공원을지키는 시민의모임'(이하 국시모)에서 '국립공원'과 본격적인 관계를 맺게 되었다. 당시 국시모는 교수, 언론인, 연구자 등 23명의 전문가가 주축이 된 모임이었다. '시민의모임'이라는 단체이름이 무색했다. 내 눈엔 그렇게 보였다.

국시모에 들어온 나는 국립공원과의 첫 만남에서 경험했던 그 강렬한 느낌을 많은 사람들과 나누고 싶었다. 국립공원 탐방 프로그램을 기획하며 사람들과 함께 전국 국립공원을 다녔다. 그리고 사람들에게 말했다. 우리나라 보호지역을 대표하는 국립공원은 생물다양성의 보고이며 자연과 함께 문화재가 살아 숨 쉬는 곳, 온 국민이 1년에 한 번쯤은 찾아가 쉬는 휴식처, 미래 세대와 야생동식물의 보금자리 등등 그 어떤 수식어도 아깝지 않은 곳이라고. 그렇게 국시모는 '시민'의 모임으로 서서히 바뀌어갔다.

하지만 국립공원과의 동행이 달콤하지만은 않았다. 많은 사람과 함께 국립공원의 아름다움을 나누고 취하는 과정에서 그 아름다움이 끌어들이는 그림자, 국립공원의 아픔이 눈에 들어오기 시작했다. 지리산 관통도로, 계곡 내 취사, 불법 산행, 사람들의 발길에 허옇게 드러난 바위와 흙, 무단 채취, 밀렵, 댐과 케이블카, 골프장…. 국립공원은 어딜 가나 신음하고 있었다. 그 모든 게 국립공원이 아름다워서였다. 국립공원은 단지 향유해야 할 아름다움이 아니라 그 아픔에 공감해야 할 존재로 변해갔다.

그때부터 나는 국립공원의 아픔을 생각하며 사람들을 만났다. 환경부와 국립공원관리공단을 만나고, 국회의원을 만나고, 전문가를 만나고, 기자를 만나고, 국립공원의 아픔을 알리고 치유하고 다시는 아프지 않게 하기 위해 가능한 모든 사람들을 만났다. 그러나 모두를 만나고, 목이 터져라 외쳐도 언제나 부족했다. 만남과 외침으로 해결되지 않는 국립공원의 여러 문제들, 국립공원을 생각하면 늘 마음 한구석이 아리다.

요즘 나는 아린 마음을 달래기 위해 국립공원 안팎을 돌아다닌다. 일주일에 하루 이상, 남원 덕동, 함양 추성, 산청 유평, 하동 의신, 구례 심원 등을 가고 또 간다. 마을에 들어가 주민을 만나 이야기를 듣는다. 지리산자락에 살게 된 이유는 뭔지, 처음 지리산에 왔을 때와 지금은 어떻게 다른지, 국립공원이어서 정말 불편한지, 국립공원에서 빠지니까 더 행복한지, 처음 데면데면하던 분들은 얼굴 보는 횟수가 늘어날수록 살가워진다. 어머니, 언니 같은 분들의 이야기에 고개를 끄덕이고 눈시울이 붉어진다.

만난다고 뭐가 달라질까? 아직은 모르겠다. 지금도 국립공원 경계의 주민들은 국립공원을 골칫거리로 생각한다. 지리산은 좋으나 지리산 '국립공원'에는 소리가 높아진다. 경계하는 빛이 역력하다. 그러나 그럴수록 다가가야 한다. 주민의 편에서 생각하고, 고민해야 한다. 나는 주민, 지역사회에 우리나라 국립공원의 미래가 있다고 생각한다. 지리산이 국립공원으로 지정된 지 올해 50년을 맞는 해이다. 그래서 각별함이 더하다. 이제 국립공원은, 그리고 국립공원을 사랑하는 사람들은 주민과 함께 지역에서 다시 시작해야 한다.

　부족한 글이 한 권의 책으로 나오기까지 많은 분들의 노고가 있었다. 한 분 한 분 얼굴을 떠올린다. 적을까 말까. 지면에 옮기지 못한 분들의 서운함이 느껴져 이름 적는 건 생략하기로 했다. 너른 마음으로 이해해주시리라 믿는다. 이 책이 지리산 나아가 국립공원을 더 사랑하고, 미래세대에게 잘 보전하려는 마음을 갖게 한다면 더 바랄 나위가 없겠다.

지리산 자락 구례에서

윤주옥

차례

5장 — 함께 꿈꾸는 세상

1장

그/그녀를
만나자

그 남자의 눈물을 보았다

김태곤 어르신이 심원에서
달궁, 덕동마을로 옮긴 사연

우리 가족이 서울생활을 접고 지리산으로 내려오던 건 8년 전 11월 하순이었다. 짐을 가득 실은 트럭에 실려 정신줄 놓고 자던 나는 살갗으로 전해오는 새벽 기운에 눈을 떴다. 차창 너머로 논과 밭, 산의 형체가 드러났고, 겨울로 가는 황량한 산야 위로 눈발이 흩날렸다.

새로운 삶터. 이제 나는 지리산자락에 살게 된다. 지리산은 그의 땅에 들어서는 나를 눈발로 반겼다. 그 순간 수없이 다녔던 지리산이 갑자기 낯설게 느껴지면서 서러움이 밀려왔다. 삶으로 마주한 지리산이 내게 받아낸 첫 번째 눈물이었다. 그 후로도 나는 지리산 앞에서 여러 차례 눈물을 흘려야 했다.

그는 지난 이야기를 하다가 눈물을 흘렸다. 77살의 노인이 눈물을 흘린 건, 집에서 쫓겨나 마을이 불타는 모습을 봤다고 했을 때, 혹은 부모님의 죽음을 이야기했을 때가 아니라 어느 여인에 대한 이야기를 할 때였다. 지금부터 나는 그의 이야기를 하려 한다. 여순사건 때 심원에서 나와 달궁에 살다가 덕동에 살고 있는 김태곤 어르신(1940년생)이다.

그는 심원에서 태어났다. 할아버지가 동학혁명에 가담했다가 쫓겨 심원으로 피난 왔다가 그곳에 정착했다고 한다. 그의 형제는 3남 3녀인데 심원에서 태어난 형제는 2남 2녀이고, 나머지는 달궁에서 태어났다.

어르신은 부엌과 방 2개인 고지집(산간지역 귀틀집)에서 살았다. 나무틀 위에 새를 덮고, 새를 돌려 쌓은 후 드나드는 문만 빼꼼히 낸 집이었다. 지붕에 얹은 억새는 땅까지 내려오게 했는데, 그렇게 해야 겨울에 덜 춥고 짐승도 피할 수 있었다.

밤에는 호롱불을 켰다. 산수유와 비슷한 시기에 피는 아구사리(생강나무) 열매의 기름을 짜서 접시에 따르고, 그 기름접시에 실을 꽈서 놓은 후, 실에 불을 붙여 불을 밝혔다고 했다. 여자들은 그 아구사리 기름을 동백기름처럼 머리에 발랐다.

집은 노고단에서 심원으로 날등을 타고 내려오면 만나는 첫 집이었다. 그는 마을회의를 하는 날의 풍경을 기억하고 있었다. 마을일을 보던 외숙이 높은 곳에 서서 소리치면 그 소리를 들은 마을아재가 다시 높은 곳에 서서 소리를 쳤다. 그렇게 입에서 입으로 마을회의를 알렸다. 몬당(고개) 너머 집이 있고 또 몬당 너머 집 있고 하니 그렇게 연락하는 수밖에 없었다고 한다.

그가 심원에 살 때 심원 본동네엔 집이 20채 정도 있었다. 하지만 심원에는 본동네 말고도 골골마다 집이 하나씩 있어 심원 주변의 집들을 다 합치면 거의 80집이 살았다고 한다. 골골에 살던 사람들은 왜정 때 일본군대 안 가려고 숨어든 사람들이었다. 그

김태곤 어르신의 고향, 심원마을.
국립공원관리공단은 심원마을 이주사업을
진행하였고 2017년 심원마을은 지도에서 사라졌다.

들은 대소골, 대파니골, 방아골, 무넹기, 도장골 등에 흩어져 살
았다.

　어르신이 어렸을 때는 지리산에 곰이 멧돼지보다도 더 많았다
고 한다. 호랑이는 3마리쯤 있었는데 가장 유명한 호랑이 이름이
지리산 순래봉이었다고 한다. 그의 할머니는 순래봉이 걸어가면
만복대 왕억새 위로 등걸이가 보였을 정도로 덩치가 컸다고 했
다. 그의 할머니는 호랑이와 인연이 많은 사람이었다. 호랑이가
할머니를 집까지 바래다 준 일도 있었다고 했다. 구례장에 갔다

밤늦게 돌아오는 날이었는데 호랑이가 할머니 뒤를 따라오면서 다른 동물이 얼씬거리지 못하게 했다는 거다. 호랑이가 따라오는데도 무섭지 않았다고, 다른 짐승은 가까이 오면 찬바람이 불면서 소름이 돋는데 그날은 등 뒤에서 훈김이 났다고 하셨다.

1948년 가을 어느 날, 그는 심원과 이별하게 되었다. 그의 나이 9살 때다. 그는 그날의 상황을 담담하게 전했다. "여수 14연대가 구례 밤티재에서 3연대와 만나기로 했는데, 만나서 얘기를 해보니 서로가 의견이 달랐어요. 한쪽은 좌, 한쪽은 우. 서로의 사상이 다르다 보니 교전을 하게 되어 차 몇 대가 몬당에서 불타고. 밤낮 하루를 싸웠지요."

그날의 총소리는 심원에서도 들렸다. 그렇게 싸우던 3연대 군인들이 새벽이 되자 노고단에서 날등을 타고 심원으로 내려왔다. 심원에 도착한 군인들은 배고파 죽겠다고 난리를 피웠다. 그들은 무를 뽑아 먹고, 주민들이 내온 삶은 감자를 허겁지겁 먹었다.

그날 오후 3시쯤 군인들이 심원을 나서면서 심원사람들도 따라 나서라 했다. 마을사람들은 아무런 준비도 못하고 집을 나섰는데, 집을 나서자마자 군인들은 집에 불을 댔다. 심원은 그렇게 불에 탔다. 심원 본동네와 골짜기, 정령치 쪽 거의 100여 호가 그렇게 집을 잃고 마을을 떠났다.

심원에서 나온 그의 가족은 달궁에 자리를 잡았다. 할아버지와 할머니, 아버지, 어머니, 작은아버지 내외, 혼인 안 한 작은아버지

등 어른 7명과 그와 동생들 3명, 모두 11명이 작은 방 하나에 살아야 했다. 얼떨결에 고향을 떠나온 그의 가족은 한국전쟁과 빨치산 토벌 등이 오래 계속되면서 심원으로 돌아가지 못하고 달궁에 살게 되었다.

달궁에 살던 어느 날 저녁, 한 반란군의 아내가 한복을 입고 산에서 내려왔다. 하루를 달궁에서 잔 그 여인은 마을주민에게 밥을 얻어먹고는 날이 샐 무렵 다시 산으로 올라갔다. 여인은 다음 날 저녁에도 왔다. 다시 내려온 여인을 마을사람 한 명이 묶으려고 했다.

"날 묶지 마세요. 연약한 여자가 무슨 힘이 있겠습니까? 나는 이대로 자수하려 하니 걱정 마세요. 아저씨에게 피해를 안 줄 것이니, 가만있다 가게 해주십시오."

그러고 보니 여인은 무기는 없고 책만 한 권 들고 있었다. 마을 주민이 묶지 않고 이장에게 데려가니 여인은 돈을 주며 막걸리 2통을 받아달라고 했다. 이장이 막걸리 2통을 받아 오니까 "동네 양반들, 술이 있으니 와서 술을 드십시오"라고 고함을 질렀다. 당시는 돈을 주고도 사 먹기 힘든 것이 쌀 막걸리였다. 그런 것을 공짜로 준다니까 동네사람들이 30명 정도 모이게 됐다. 동네사람들이 모이니까 여인은 마루 난간에 서서 말했다.

"나는 14연대 ○○○의 마누라입니다. 제가 한복을 입고 어떻게 산을 따라다니겠습니까? 그동안 마을에 와서 폐를 많이 끼쳤습니다. 동네 어르신들에게 보답의 의미로 노래 한 자리 불러드리겠습니다." 노래를 부르는데 그 자리에 있던 마을사람들 중에 울지 않은 사람이 없었다고 한다.

"우리 집이 이장 집 바로 앞이라 나도 구경 갔는데, 참 예뻤어요. 말도 잘하고요. 그분이 부른 노래가 정확히 기억나진 않지만 이제 가면 죽는다는 아주 슬픈 노래였어요." 여인의 이야기를 하며 그의 눈에 눈물이 흐르자, 옆에서 이야기를 듣던 그의 아내가 화장지를 갖다 줬다. 나는 목에 두르고 있던 스카프로 눈물, 콧물을 닦았다.

내가 그의 눈물을 본 날은 햇살 맑은 여름날이었다. 그는 심한 고사리 밭일 끝에 몸살이 왔다며 이야기하는 내내 땀을 흘렸다. 이마에 맺힌 땀을 닦고 숨을 몰아쉬며 이야기하는 그가 눈물까지 보이자 죄송한 마음이 들었다. 주섬주섬 가방을 싸고 일어서며 다음에 다시 오겠다고 했다.

어르신을 다시 만나러 가던 날은 지리산에 비바람이 몰아치던 날이었다. 그의 아내는 집으로 들어서는 나에게 수건을 건넸다. 나의 두 번째 방문 때 그는 달궁도 소개되어 산내로 피난 나갔던 이야기, 달궁 이장 시절 이야기, 성삼재에서 식당 하던 이야기 등을 들려주었다.

김태곤 어르신이
노끈으로 삼은 신

김태곤 어르신이 살고 있는 덕동마을 전경

고향인 심원에서 쫓겨나 달궁을 고향 삼아 살던 그가 지금 사는 곳은 덕동이다. 덕동은 그의 아내가 태어난 곳이다. 그는 현재 덕동에서 농사를 짓고 있다. 초봄엔 고로쇠를 하고, 가을엔 곶감을 하지만 돈이 되는 건 고사리라며 올해도 고사리 200근을 했다고 한다.

요즘 나는 덕동마을에 자주 간다. 어느 날엔 마을에서 자기도 하고, 주민들과 함께 밥도 먹는다. 괜히 마을을 어슬렁거리며 집집을 기웃거리는 나를 알아보는 마을사람들도 생겼다. 구례에 사는 내가 지리산 너머 남원 덕동마을에 정이 가는 이유는 내 앞에서 눈물을 보였던 그가 있기 때문일까? (2016. 10. 10)

간소한 삶이 주는 따뜻함

산청 유평 외곡마을
조덕임 어머님

태어난 시골집에 미련이 많은 나. 시골집은 대문을 들어서면 정면에는 세 칸짜리 안채가, 오른쪽에는 행랑채, 왼쪽에는 창고와 뒷간, 안채와 행랑채 사이에는 외양간, 마당에는 우물이 있는 집이었다.

나는 두 살 때 부모님을 따라 시골집을 나왔다. 때문에 시골집에 대한 내 기억은 언니, 오빠들의 기억에 의존한다. 언니 말에 의하면 시골집은 꽃밭이었다고 한다. 할머니가 꽃을 좋아하셔서 외양간에는 덩굴장미가, 마당에는 백일홍, 맨드라미, 과꽃, 채송화 등 갖가지 꽃들이 가득했다고 한다. 할머니는 텃밭보다는 꽃밭에 관심이 많았던 것 같다.

소 없는 외양간에서도 덩굴장미와 소죽냄새가 나는 시골집, 지금 그 시골집엔 당숙이 살고 계신다. 꽃밭이 없어지고, 우물이 메워지긴 했지만 당숙 덕에 시골집은 여전히 사람이 사는 집으로 실존하고 있다. 태어난 시골집 같은 곳에서 나는 살고 싶다. 어머니는 너처럼 게으른 아이가 그런 집에서 살 수 있겠냐고 하신다. 하지만 살고 싶다는 소망과 살 수 있다는 현실의 간극을 구태여 생각하지 않는 나는 그런 집에 살고 싶다. 소망 탓일까, 그런 집에 사는 사람을 만나면 오랫동안 알고 지내던 사람 같은 친숙한 느낌을 받는다.

조덕임 어머님(1929년생). 어머님은 그런 집에 살고 계신다. 작은 내를 건너 어머님 집으로 가는 길엔 코스모스, 맨드라미, 금송화가 피어 있고, 집 앞 밭엔 고추, 배추, 쪽파가 자라고 있다. 어머님이 가꾼 밭은 꽃밭보다 예쁘고 정갈하여 하염없이 바라보게 하고, 미소 띠게 한다.

어머님은 대원사 근처 유평에 살다가 스물여덟 살 때 이곳으로 들어오셨다. 한국전쟁 후 소개되었던 이 마을은 어머님과 함께 들어온 사람들로 인해 다시 사람 사는 곳이 되었다. 어머님 집

조덕임 어머님

은 50년 전 손수 지었다는데, 집 주변은 온통 밭이고, 산이다. 대문이 없는 집, 두 칸 방에 부엌 한 칸, 마당 건너편 누에 키우던 방 한 칸이 전부인 집은 소박함 그 자체이다. 어머님은 20년 전 혼자 되셨는데, 혼자 된 이듬해에 전기가 들어왔다고 한다.

집이 참 예쁘다는 말에 어머님은 내 어머니와 똑같은 표정을 지으며 말씀하신다.

"겨울엔 물도 얼고, 나무 때서 살아야 하는데, 예뻐? 돈 있는 사람은 다 나가고 힘든 사람만 남았는데, 나는 여기 들어와선 한

번도 안 나갔지. 지금은 농사도 못해. 다리도 아프고, 허리도 아프고."

슬하에 일곱 남매를 두신 어머님은 도시는 갑갑해서 살 수 없다고, 명절엔 아들들이 사는 부산으로 가신다고 한다. 부산에 가려면 우선 버스 타는 곳까지 나가야 하는데, 집에서 버스 타는 곳까지 걸어서 3시간쯤 걸린다고. 예전엔 1시간 반이면 갔는데 지금은 다리가 아파서 빨리 못 걷는다고 하신다. 새벽녘의 길 나섬, 3시간의 종종걸음, 정성이 있어야만 가능한 일이다.

32년생 내 어머니보다 세 살 위인 조덕임 어머님, 어머님의 염색하지 않은 머리는 내 어머니 머리빛깔과 비슷했다. 어머님과 이야기하는 내내, 일 없으니 머리만 희어지나 싶어 자꾸만 머리로 손이 갔다. 어머님에 대한 익숙함은 어머님 안에서 내 어머니를 봤기 때문일까? 어머님만 두고 나오는 길이 아쉽고 죄송스러웠다.

간소한 집, 어머님 집은 내가 살고 싶은 집과 꼭 닮았다. 가을날, 마당에선 젠피(초피)가 말려지고, 집 뒤 텃밭엔 가시오가피, 천궁, 당귀, 참취가 꽃 피우고 있다. 울 안 감나무에선 감이 떨어지고, 뽕나무가 여기저기 자유롭게 자라는 집, 나는 그런 집에 살고 싶다.

조덕임 어머님이 있어 다시 오고 싶

은 이곳은 산청군 삼장면 유평에 있는 외곡마을이다. 외곡마을은 시천에서 산청으로 가는 59번 국도에서 대원사 표지를 보고 들어서면 된다. 대원사계곡을 따라 쭉 올라가다 보면 지리산국립공원 표지가 나오고, 소나무와 참나무, 박달나무, 서어나무 등이 빽빽이 서 있는 곳을 지나면 왕등재 습지로 오르는 삼거리가 나온다, 삼거리에서 왕등재 습지 쪽으로 난 길을 따라가다 보면 나오는 마을이 외곡이다.

외곡마을은 외고개 아래에 있는 마을이라 하여 붙여진 이름으로, 이 마을에 언제부터 사람이 살았는지는 정확하지 않다. 전하는 이야기로, 금관가야의 마지막 왕인 구형왕이 신라를 피해 들어온 곳이 이곳이었다고, 신라군에 발각된 구형왕은 외고개, 새재, 쑥밭재를 넘어 칠선계곡으로 갔다고 한다. 마을 주변엔 당시의 유물이라 생각되는 기왓장이 곳곳에 있다고 한다.

마을 일을 맡고 있는 송현대 님은 조덕임 어머님과 비슷한 시기에 외곡마을로 들어왔다. 1958년, 여섯 살 때였다. 3년 넘게 비어 있던 마을은 집이고, 논이고, 밭이고 모두 억새, 쑥, 산딸기, 버드나무 천지였고, 농사를 짓기 위해 땅을 파면 유골이 나오던 시기였다. 그는 유평에 있는 가랑잎초등학교에 다녔는데 학교도 불에 타버려 공병대 막사에 톱밥을 깔아놓고 공부하였단다.

지금 외곡마을엔 다섯 가구가 살고 있지만 예전 이 마을엔 천석꾼이 살았다고 한다. "천석꾼이요?" 나의 되물음에 그는 "말이 그렇다고, 논도 밭도 없어 보이지만 산이 논이고, 산이 밭인 곳이 이곳"이라고 했다. 천석꾼은 아니어도 조백석이라고 조 씨 성을 가진 쌀 백 섬을 하는 사람은 분명히 살았다고 했다.

그 시절 지리산 8부 능선까지 사람들이 살았단다. 나무를 도벌하려는 사람들이 중봉 아래에도 살았다고. 지금도 잎이나 열매를 따기 위해 마가목, 들메, 음나무 등을 통째로 베어내는 사람들이 있다고, 그러면 되겠냐고 한다.

"외지사람들은 이런 곳을 보면 개발하려 하지요. 깨끗하고 조용하니까요. 우리는 벌어먹고 살아야 하니까 어려움이 많습니다. 농사도 어려워요. 환경 면에서는 좋지만 나이 들면 연금도 없고, 아무리 일해도 밖에서 얻는 소득의 절반도 안 됩니다. 그러니 떠날 수밖에요."

먹고살기 힘드니 사람들이 떠나고, 그 많던 논과 밭의 대부분은 다시 산이 되었다.

그는 지금 사과농사를 짓고 있다. 40년 전 경북 사람들이 들어와 시작한 사과 농사가 그나마 그와 이웃들을 잡아두고 있는 것이다. 이곳 사과는 해가 짧아 색은 안 좋으나 일교차가 커 맛은 일품이라 한다. 그의 사과밭 아래엔 질경이, 여뀌, 사초, 쇠별꽃, 닭의장풀 등이 살고 있다.

외곡마을은 왕등재 습지 아래 있는 마을이다. 2008년 람사르(습지 보호를 위한 국제 협약이 체결된 곳) 총회 공식 탐방지였던 왕등재 습지는 천년 이상 된 자연형 습지로 유명하다. 왕등재 습지에 대해 물어보니 그는 잘라 말한다. "거, 별거 아닙니다. 뭐 볼게 있다고, 우리는 안 갑니다."

환경부와 국립공원관리공단은 고산습지에 일반인의 출입을 통제하고 있다. 야생동물에게 물과 쉼터를 제공하니 생태적으로 유의미하기 때문이다. 하지만 주민들에게는 심드렁한 대상일 뿐이다. 반달가슴곰, 노루, 멧돼지 등이 다니고, 잠자리 가운데 가장 작은 꼬마잠자리가 살고 있다는 해발 973미터에 있는 왕등재 습지.

"거 때문에 못살겠네요, 우리만 죽어요. 출입 통제가 웬 말입니까? 좋은 곳이라면 다들 보게 해야지요." 가까이 있는 보호지역에 대한 지역주민들의 일반적 반응이 외곡마을에선 나오지 않았다. 다행일까, 무심 속의 뼈를 발견하지 못한 건 아닐까?
(2017. 01. 27)

"이 아지메가 뭔 소리를 하고 있는 거예요?"

민초들의 아픈 역사 …
산청 유평마을 고영일 님 이야기

그날은 아침부터 눈이 날렸다. 집을 나서 읍내로 가는 30분 남짓의 시간에 희미하게 윤곽이 보이던 노고단은 눈발 사이로 자취를 감췄다. 수묵화가 되어가는 지리산국립공원을 바라보며 읊조렸다. "생일 축-하-해." 순간, 울컥병이 도져 눈앞이 침침해지고 얼굴이 붉어졌다.

1967년 12월 29일, 지리산은 구례군민들의 헌신적인 노력에 의해 국립공원으로 지정되었다. 우리나라 첫 국립공원이었다. 나는 그 지리산을 통해 국립공원이 어떤 곳이어야 하는지 배웠고, 급기야는 그 산자락에 삶의 터전을 마련하기에 이르렀다. 그래서 나와 지리산은 '국립공원'이 맺어준 인연이다.

앞이 안 보이게 내리던 눈은 구례와 남원의 경계인 밤재를 넘자 싸라기눈으로 바뀌었다. 함양을 지날 때는 간혹 한두 송이가 날리더니, 함양을 지나 산청에 접어들자 자취를 감추고 파란 하늘에 흰 구름만 떠다녔다. 지리산 남쪽과 동북쪽의 날씨가 이렇게 다르다니, "지리산이 큰 산은 큰 산이구나." 소리가 절로 나왔다.

지리산이 국립공원으로 지정된 날, 인간세상으로 보자면 지리산국립공원의 생일날, 나는 그를 만나기 위해 산청 대원사 윗동네인 유평마을에 갔다. 유평마을은 유평, 삼거리, 외곡, 새재 등을 통칭하는 말이다. 그는 유평에서 새재로 올라가다가 외곡으로 빠지는 길 언덕에 산다.

그의 이름은 고영일이나 호적에는 고충웅으로 되어 있다. 일제 때 이름이 '다다우'였는데 해방 후에 면서기가 한자로 고쳐 올리면서 그리 되었다고 한다. '다다우(たたう)'는 '넘칠 정도로 가득 차다, 부풀어 오르다, 만조가 되다.'라는 뜻. 그래서 '충웅(充雄)'이라 한 것 같다고 그는 말한다. 당사자들에게는 물어보지도 않고 탁상행정을 한 결과, 고영일인 그는 고충웅으로 살아야 했다. 예나 지금이나 행정은 일방적이고 일의 편리만 생각하는가 보다.

그는 1944년 진주 문산에서 태어났다. 유평마을로 들어온 건 열두 살 때라고 했다. 진주버스터미널에서 삼장 쪽으로 가는 버스를 타려 했으나, 버스를 놓쳐 원지에서 명상까지 걸어왔단다. 30킬로미터가 다 되는 길이었다.

"나중에 어머니에게 들으니 진주에서 명상 아래 양조장까지 오는 버스를 타려고 했는데 그 버스를 놓쳐버린 거예요. 삼정 쪽으로 오는 버스가 하루 1대밖에 안 다녔거든요. 놓쳐버렸으니 할 수 없지, 다시 돌아갈 수도 없고. 함양, 산청 쪽으로 가는 버스를 타고 원지까지 와서, 원지에서부터 걷기 시작한 거죠. 걷는데 배는 고파오고 날은 어두워지고, 정말 지금도 그때 생각하면 눈물이 납니다. 자갈이 깔려 있는 비포장 도로였어요. 어머니에게 언제 도착하냐고 물으면 조금만 더 가면 된다고 하시는데… 결국 그날 여기까지 들어오진 못하고, 명상이 어머니 고향이거든요, 거기서 잤어요."

문산에 살던 그의 가족에겐 집도 없고 논밭도 없었다. 일본으로 돈 벌러 갔던 아버지는 해방 후 고향으로 오다가 교통사고로 돌아가셨다. 혼자서는 도저히 어린 자식들을 먹여 살릴 수 없었던 어머니는 재혼을 했다. 새 가정을 꾸렸지만 먹고살기 힘들긴 마찬가지였다. 그들은 셋방살이라고 할 수도 없는 화장실이나 마구간 옆에서 살았다. 그러던 어느 날 어머니 친정에서 차라리 지리산으로 들어와 살라 해서 유평마을로 오게 되었다고 했다.

유평마을로 들어와 삼거리 개울 건너에 움막을 짓고 살았다. 억새로 얼기설기 엮은 집이었다. 비가 오면 억새에서 배어나온 붉은 물이 뚝뚝 떨어지는 집이었다. 그 움막이 초가집이었냐고 묻자, 한탄이 쏟아진다. "아고, 초가집 정도면 양반이었게. 그런 집이 아니고 지금 텔레비전에 나오는 아프리카 움막 같은 집이라. 서부경남지역에서 천한 것 중 천한 사람을 지리산 숯쟁이라 했어요. 1년 열두 달 동안 이발을 하나, 세수를 하나, 그런 사람이 사는 집이었어. 사람 사는 삶이 아니었습니다."

이야기하는 그와 묻는 나 사이의 간극은 "말로 해봐야 몰라요, 참 무슨 소릴 하는 거예요, 어떻게 말로 합니까." 등으로 표현됐다. 움막에서 숯 굽고 살던 시절, 유평마을에는 길도 없었다. 대

하늘에서 본 삼거리(2016년 7월 31일)
ⓒ정인철

원사 다리까지만 길이 있었고 그 위는 산길이었다. 그때는 한국전쟁 때 외지로 나갔던 사람들이 들어오지 않아서 유평에 고작 서너 가구가 살았고, 삼거리에는 그의 가족밖에 없었다.

그러다가 그의 가족이 유평마을로 들어온 후 2년쯤 지나서 공병대가 길을 닦기 시작했다. 공병대는 유평초등학교에 텐트를 치고 일했다. 도로가 나니 산판일이 시작되고 사람들이 몰려들어 왔다. '전주'라는 사람이 골짜기 골짜기를 지정해서 일꾼들을 부렸다. 그 당시 지리산에는 탈영범, 범법자 등이 많았는데 그들은 장작 만들고, 숯 굽고, 산판에서 원목을 베어서 먹고 살았다.

산판 허가가 났을 때 들어왔던 그 많던 사람들은 산판일이 끝나자 다들 나가버렸다. 갈 곳 없는 사람들만 남았다. 남은 사람들은 산에 있는 도토리를 주워 말려서 가루를 내어 끓여 먹고 살았다. 수저도 없이 손으로 집어 먹었다.

유평마을에서 숯쟁이로 나무하며 살던 그는 스물여덟 살에 지리산을 떠났다. 지리산을 떠나 있던 동안 군대를 마치고 속초 여자와 결혼하여 아이 둘을 낳았다. 속초에서 노점상, 고물장사를 하던 그는 마흔한 살이 되어 다시 지리산으로 들어왔다. 초등학교 1학년, 4학년이던 아이들 손을 잡고 유정천리를 부르며 들어왔다고 했다.

"가런다, 떠나런다, 어린 아들 손을 잡고…" 내 앞에서 노래를 부르던 그가 옷소매로 눈물을 훔쳤다. "세상 살기가 너무 싫어서, 뭐 굶어죽어도 좋고 거렁이가 돼도 좋으니까 나는 골짝으로 가런다 하고 들어온 거죠. 나는 시내생활하고는 안 맞아요. 사람 상대하는 게 참 힘들어요. 그러니까 내 노력으로 몸 써서 먹고, 있는 그대로 살아야겠다고 가족들과 의논해서 어머니 계시는 이곳으로 다시 들어왔어요."

그는 지금 오미자 농사를 짓는다. 사과농사가 망한 뒤 사과나무 뽑아낸 자리에 오미자를 심었다. 오미자는 아는 사람들에게 판다. 많은 돈은 아니지만 먹고살 수 있고 땅만 바라보고 사니 맘도 편하다고 한다.

"지리산에는 가끔 올라가세요?" 내 물음이 끝나자마자 그는 눈을 동그랗게 뜨고 말한다.

"이 아지메가 뭔 소리를 하고 있는 거예요? 천왕봉은 부처님 손바닥이고 내 생활터전입니다. 여기 살면서 먹고살아야 하니, 산에서 약초, 당귀, 작약, 오미자, 이런 거 캐가며 먹고살았어요. 후레쉬 잡고 새벽에 길을 나서서 새재 위 조개골에 올라가면 날이 희끄머니 허예지고, 후레쉬를 내만 아는 장소, 바위 밑에 숨겨 논단 말입니다. 천

오미자

왕봉, 중봉, 하봉, 써래봉, 온 데를 다 다녔어요. 전라도 쪽은 많이는 안 가봤고. 배낭 메고 지리산 올라가는 등산객들을 보면 참 호사스럽게 보이고 그래요. 그 사람들은 고생한다고 말하지만 나는 멧돼지처럼 산을 헤매고 다녔으니까요."

지리산을 날아다니던 그도 지리산에 못 간 지 오래됐다. 이제는 무릎도 아프고, 약초 캘 일도 없으니 높이 올라갈 일도 없다고. 그래도 지리산에 대해 늘 이렇게 말한다.

"지리산이 있으니까 먹고살았다. 다행이다. 내가 자발적으로 온 건 아니지만 운명적으로 지리산에 왔고, 그래도 나는 참 잘 왔다. 지리산아 고맙다. 오늘까지 생활을 이어주고. 정말 고맙구나."

그는 지난 삶을 생각하면 가시밭길이었지만 그래도 지리산을

만나 오늘까지 살아온 게 고맙고, 앞으로도 건강하게 살면 좋겠다고 한다. 나도 그렇다. 지리산을 만나 고맙고, 앞으로도 건강하게 살면 좋겠다.

고영일로 태어나 고충웅으로 살아온 그의 이야기 중 빼놓을 수 없는 것은 유평마을에 남아 있는 1970년대 전후 가옥에 대한 설명이다. 지금 유평마을에는 난민주택, 독가촌 등 정치적으로 불안정했던 시기에 지어진 집들이 남아 있다. 그는 그 집들의 역사를 너무도 잘 알고 있었다.

유평마을에서 가장 오래된 집은 외곡에 있는 집인데, 그 집은 정부에서 목자재를 줘서 살 사람이 직접 집을 짓도록 한 집이라고 한다. 그 후에 난민주택이라 하여 신청을 해서 뽑힌 가구를 지원하는 제도가 있었다. 이때에는 업자가 들어와서 초가삼간을 지어주었다고 한다. 난민주택 다음에 들어온 가옥은 독가촌이다.

독가촌은 김신조 사건 이후 유평마을 같은 오지에는 간첩들이 들어올 수 있으니 은신처를 없앤다며 화전민을 정리하고 산 곳곳에 흩어져 살던 사람들을 집단화한 사업이다. 지리산자락에 독가촌이 남아 있는 마을은 여럿 되지만 유평마을처럼 다양한 모습으로 존재하는 곳은 드물다. 그리고 그 독가촌에서 사람이 살고 있는 집은 거의 없다. 유평마을에는 새재, 중땀, 삼거리, 유평 등에 독가촌이 남아 있고 그 일부에 사람이 살고 있다.

얼마 전까지만 해도 내게 유평마을은 단지 대원사가 있는 곳, 치밭목 대피소로 가는 등산로 변의 작은 마을일 뿐이었다. 그러나 지금은 아니다. 유평마을은 우리나라 민초들이 겪어야 했던 아픈 역사가 깃들어 있고, 그 역사를 이야기해줄 사람이 살고 있는 곳이다. 그가 살고 있는 곳이다. (2017. 01. 27)

삼거리 독가촌 일부

83세 노인이 된 화개골 빗점 소녀

- 나를 긴장시킨 '빗점'이란 단어 …
- 하동 의신마을 최다엽 어머님

2015년 5월 초, 벽소령 옛길을 조사할 일이 있었다. 벽소령 옛길은 차가 없던 옛날, 바다 가까운 화개장터의 각종 해산물과 지리산 너머 내륙에 위치한 인월, 함양 등의 농산물이 오가던 길이었다. 소금쟁이 능선길이라고도 불리는 이 길은 바다와 내륙을 잇는 최단거리 시장 길로 알려져 있다.

옛길을 조사하자면 문헌, 고지도 분석도 중요하지만 옛길 주변 마을에 살고 계시는 어르신들의 기억을 되살려 기록하는 작업이 필수다. 의신은 벽소령 옛길에 있던 마을 중 지금도 사람이 살고 있는 마을 중 하나다. 그래서 의신마을을 찾아가 김정태 이장에게 벽소령 옛길 조사에 대한 이러저러한 상황을 설명했다. 그러자 본인은 잘 모르고 아버님, 어머님 중에는 알고 계시는 분이 있을 거라며 마을회관으로 가자고 했다.

아버님들은 누워서 텔레비전을 보고 계셨고, 어머님들은 누워서 두런두런 이야기를 하고 계셨다. 벽소령 옛길을 물어보는 나에게 특별한 관심을 보인 건 어머님들이셨다. 뱁실령, 소금장수, 철골, 덕평, 주막, 원대성, 줄밥 등 말들이 정신없이 쏟아졌다. "고향이 의신이세요?" 그 말 홍수 속에서 조용하던 한 어머님이 나직이 말씀하신다. "빗점에서 태어나 거기서도 살고 여기서도 살고 그랬어."

어머님 입에서 나온 '빗점'이란 단어는 나를 긴장시켰다. 남부군사령관 이현상이 최후를 맞이한 바로 그곳이었기 때문이다. 빗점에서 태어났다는 건, 그리고 그곳에서 살았다는 건 전쟁 전후의 혼란과 공포, 두려움을 특별히 더 치열하게 경험했다는 걸 의미했다.

그날 인터뷰를 마치고 돌아와서도 나는 빗점이 고향이라는 최다엽 어머님(1934년생)이 내내 맘속을 떠나지 않았다. 다시 봬야 한다, 빗점의 이야기를 들어야 한다, 감춰진 신비로움이 있을 거다, 어머님을 떠올릴 때면 주름진 얼굴과 촉촉한 눈망울 너머로 단발머리를 하고 빗점을 뛰어다니는 소녀가 겹쳐졌다. 빗점 소녀 최다엽, 그 시절 빗점 소녀는 단발머리였을까?

최다엽 어머님

빗점 소녀를 만나러 의신마을회관에 다시 찾아간 날은 비소식이 있던 지난 6월 12일이었다. 식당에서 낮밥 준비를 하던 어머님들에게 최다엽 어머님을 만나러 왔다고 했다. "최다엽, 최다엽이 누구여? 봉근 어매? 이 사람인디."

"할 말 없는 디. 나는 말을 못해. 생각도 안 나."

"어머니, 생각나는 대로 말씀하시면 돼요. 빗점이란 마을이 궁금해서요. 거기 사람들은 어떻게 살았는지도 궁금하고요." 어머님은 내가 던지는 질문에 단답형으로 대답하다가, "기억이 안 나네." 하는 말을 반복하시며 띄엄띄엄 그 시절 얘기를 해주셨다.

그녀는 빗점에서 5남매 중 막내로 태어났다. 그때 빗점에는 제법 많은 사람이 살고 있었는데 10집 넘게 있었다고 한다. 그녀는 나무를 착착 포개어 재서 지은 윤판집에 살았다. 깊은 산속이었지만 빗점은 곳곳이 평평하여 논밭도 많았다. 소도 키웠으나 소가 들어가 일할 만큼 땅이 넓지 않아 논밭 일은 괭이, 호미로 해야 했다. 다랑다랑한 논에서 수확한 벼는 홀태로 훑어서 돌도구통에 찧어 먹었다.

삼을 키워 찌고 째서 삼아 삼베옷을 해 입었다. 비누는 없었고 짚을 태워 그 물로 빨래를 했다. 화장 같은 건 할 새도 없었다. 베로 짠 버선을 신고, 신발은 짚을 삼아서 신고 다녔다. 겨울에는 덧버선을 만들어 신었다. 덧버선에 들어가는 솜은 여수에서 사와야 했다. 빗점은 삼 농사는 됐지만 목화 농사는 안 됐기 때문이다.

설날에는 돌도구통에 쌀을 찧어 손으로 비벼 만든 떡으로 떡국을 끓여 먹었다. 닭고기를 넣은 떡국이었다. 추석엔 송편은 못 하고, 밀을 맷돌에 갈아 부쳐 먹었다. 생일엔? 생일이라고 별거 없어, 밥 한 그릇에 미역국을 끓여 먹은 게 다라고 했다. 공기놀이, 자치기, 땅따먹기 등을 했지만 일이 많아 놀 시간도 거의 없었다. 흙과 돌을 가지고 노는 것, 놀이와 일이 같았던 때였다.

물건을 사려면 화개장, 구례장까지 가야 했다. 새벽 일찍 나가도 밤늦게 돌아왔다. 장에 가선 소금이나 먹고 싶은 것을 샀다. 빗점에서는 장에 내다 팔 만큼의 농산물이 나오지 않아 숯을 팔아 돈을 만들었다. 숯덩이, 나무등치를 이고 져서 하동장, 구례장에 가 팔았다. 산죽도 돈이 되었다.

마을에 사람이 죽으면 동네사람들이 상여를 메고 산으로 갔다. 상여 틀은 마을에 있었고, 문종이를 사다가 물을 들여 꽃을 만들었다. 묘는 마을 근처 공동 산에 썼다.

농사일이 많지 않을 때면 이웃 마을에 가기도 했다. 빗점골에는 그녀가 사는 빗점 말고도 오리촌, 설산, 덕평 등의 마을이 있었다. 오리촌은 농사는 안 짓고 벽소령 너머로 넘어 다니는 사람들에게 술을 팔아 먹고살았다. 설산은 농사짓고 살았고, 덕평은 감자벌이를 해서 먹고 살았다.

여순사건 후 산으로 들어온 빨치산들이 빗점으로 자주 내려왔다. 그들은 돌도구통에 방아를 찧어놓으면 빼앗아갔다. 안 빼앗기려고 치마 밑에 넣어둔 것까지 어찌 알고 가져가버렸다. 시절이 하 수상하던 시절, 정부는 빨치산들에게 은신처와 먹을거리를 제공한다며 마을을 불태우고 마을사람들은 마을에서 쫓아냈다. 그녀 나이 열다섯 살 때였다.

그녀는 빗점에서 쫓겨 내려와 신랑(1930년생)을 만나 혼인했다. 신랑이 군대 가 있는 동안 친정식구들이 있는 청암에서 살았다. 청암에서 큰아들을 낳았다. 신랑이 군에서 나온 후 의신으로 돌아왔으나 땅도 없고 먹고살 수가 없어 다시 빗점으로 올라갔다. 감자벌이라도 할 생각이었다. 큰아들(1959년생)은 신흥에 있는 왕성초등학교까지 20리 길을 걸어 학교에 다녔다.

먹고살기 위해 다시 찾아갔던 빗점에서 아주 내려온 것은 1971년, 큰아들이 6학년 때였다. 정부에서 산 속의 독가를 모두 정리한다며 이주하게 했기 때문이다. 정부는 의신마을 지리산역사관 뒤쪽에 터를 잡아 집을 짓도록 했다. 빗점만 아니라 원대성 등 지리산 곳곳에서 살던 사람들은 모두 산에서 내려와야 했다.

빗점 소녀 최다엽은 빗점에서 태어나, 그곳에서 어린 시절을 보내고, 빗점에서 아이들을 키웠다. 세월이 흘러 이제 83세의 노인이 된 빗점 소녀에게 빗점에 살면서 기억나는 일, 가장 행복했던 일이 뭐냐고 물어봤다.

"고생한 것만 생각나지. 쌔가 빠지게 고생했지. 이고 다니고, 지고 다니고, 걸어 다니고. 그게 제일로 생각나지. 배는 고프지. 숯덩이 이어다 놓고 오면 배고프지. 못 죽어서 사는 거지."

기대했던 대답이 아니었다. 내가 준비한 답은 힘들고 어렵게 살았지만 지금 생각하니 그래도 그 시절이 행복했던 것 같아, 가난했지만 서로 도와가며 따뜻하게 살았거든, 빗점의 보름달은 유난히 밝았지, 빗점의 계곡물은 수정 빛이었어 등이었는데….

의신에는 최다엽 어머님 말고도 빗점에서 살았던 분들이 몇 분 더 있다. 청암이 텟자리인 정춘자 어머님(1943년생)은 신랑이 군대 가고 먹고살 길이 막막해서 감자벌이라도 해 먹고 살자고 빗점으로 들어갔다.

"전쟁 후엔 내가 가장 먼저 빗점으로 들어갔거든. 거기서 애기 세 개 낳고. 감자만 내리 9일을 먹으니까 손발이 저려 물에 손을 넣지를 못해. 삼정에 와서 보리 베는 일을 도와주고 끝보리 한 되를 얻어다가 밥을 해 먹

정춘자 어머님

었는데 꿀처럼 맛있어. 밥을 먹고 나니 손발이 안 저려. 말도 말아, 사는 게 사는 게 아니고 개돼지만도 못했어."

"지금은?" 지금은 어떠냐는 질문에 의신마을회관에 계시던 어머님들 모두가 입을 모은다.

"지금은 행복하지. 모든 게 다 좋아. 괴로운 게 없어. 애들도 다 밥 먹고 살고, 힘든 게 뭐가 있겠어."

어머님들은 최다엽 어머님께 드린 빗점에 대한, 옛일에 대한 질문에 한 마디씩 보탠다.

"뭐가 그래. 그게 아니지. 어머 미쳤나보네. 걔가 몇 살 때였더라."

나의 최다엽 어머님 인터뷰는 의신마을 어머님들의 열렬한 관심과 참견(?) 속에 마무리되었다.

어머님들은 주섬주섬 가방을 싸는 나에게 찬은 없지만 때가 되었으니 밥을 먹고 가라고 하신다. 쌀밥에 갖가지 나물, 멸치조림. 이 좋은 반찬을 두고 어머님들은 물에 밥을 말아 드신다. "밥이 안 넘어가서. 물에 말면 잘 넘어가거든."

"우리는 그래도 편했지. 우리 어머님들은 더 고생하셨어."

신비롭고 예쁜 빗점의 삶을 듣고 싶었던 내게 어머님들은 절레절레 고개를 흔드셨다. 의신마을회관을 나오며, 한 차례 비가 쏟아지길 기대했다. 그리고 미래에 우리는 지금의 우리 삶을 어느 정도의 고됨으로 기억할까 궁금했다. (2016. 07. 05)

산에 오르면 그는 대장이었다

지리산의 날쌘돌이 …
구례 황전마을 이길호 이장

5월 28일 황전마을회관에서 이길호 님(1951년생, 66세)을 만났다. 일찍 찾아온 더위에 몸은 처지고 그저 눕고만 싶은 날이었다. 그는 모내기를 한 뒤였다. 아침부터 힘을 써서일까, 충혈된 그의 눈에 피곤함이 가득했다.

그는 구례군 마산면 황전마을에서 5남 3녀 중 막내로 태어났다. 그의 아버지는 화엄사 살림을 책임지는 대처승이었다. 사람들은 그의 아버지를 도감스님(사찰의 살림살이 총감독)이라 불렀다. 대처승이었던 그의 아버지는 비구승이 화엄사에 들어오면서 서촌으로 내려왔다. 서촌은 화엄사 앞 상가 자리에 있던 작은 마을을 말한다. 서촌에 살던 그의 가족은 황전 본마을로 이사해야 했다. 서촌을 화엄사 집단시설지구로 조성하기 위해 모든 집들을 철거했기 때문이다.

그는 청천초등학교에 다녔다. 걸어서 30분쯤 걸리는 거리였다. 쌀과 보리가 반반 섞인 밥과 된장에 사카린을 넣어 으깬 것을 반찬으로 가지고 다녔다. 그는 구례중학교에 들어갔으나 형편이 안 되어 도중에 그만뒀다. 학교를 다니지 못하게 된 그는 농사짓고, 나무하고, 산에서 먹을거리도 구하며 소년시절을 보냈다.

군대에서 제대한 그는 어머니가 아프셔서 바로 고향으로 내려왔다. 고향에 내려온 그는 봄이면 노고단을 중심으로 지리산 남쪽을 누비며 고로쇠, 거제수나무 물을 받았다. 물을 받으러 산에 다니다 보니 여기저기로 연결된 산길을 알게 되었다. 그즈음 자연스럽게 지리산악회를 만났고, 지리산악회에서 활동하는 형님들, 지리산을 찾아오는 사회 인사들을 만나게 되었다. 당시 그의 둘째, 셋째 형은 포터를 하고 있었는데, 산길을 많이 아는 그도 형들을 따라 포터를 시작하였다. 스물여섯 살 때였다.

70~80년대는 전국 각지의 사람들이 지리산으로 향하던 시기였다. 지리산을 오르려는 사람들은 텐트, 버너, 쌀, 김치 등을 지고 갈 포터를 고용했고, 그들에게 그는 젊고 힘 좋고 성실한 포터였다. 포터 일은 힘들었지만 노고단에 다녀오면 두 배의 일당을 받을 수 있으니 젊은이들 사이에서는 인기 있는 직업이었다. 그는 포터들 중에서도 일 잘하는 포터로 소문이 나 군청이나 국립공원관리공단, 경찰서 등에서 지리산에 갈 일이 생기면 그에게 연락했다.

포터를 하면서 그는 노고단에 있던 통신 군부대의 부식 운반자도 했다. 봄에는 고로쇠, 거제수나무 물을 받고, 일주일에 한 번씩 부식 운반을 하고, 지리산에 오는 사람들을 위해 포터를 하면서 그는 경제적 여유가 생겼다.

한창 때 그는 지리산을 날라 다녔다. 당시 그의 날쌘 모습은 산을 오르는 사람들 사이에서는 유명했다. 어느 날 통신 군부대 소대장이 군부대에서 키우던 진돗개를 팔아달라고 데리고 왔었

포터를 하던 시절, 장터목 대피소 앞에서.

지게로 짐을 나르다 처음 구입한 키슬링형 배낭을 메고.
오른쪽이 이길호 이장

다. 장날에 나가 팔아야겠다고 생각하고 묶어놨는데, 다음 날 일어나보니 개가 사라지고 없었다. 군부대에 전화를 해보니 개가 거기에 와 있다는 것이었다. 어찌할까 고민하다 아직 해가 있으니 올라가서 데리고 와야겠다고 생각하고 산을 올랐다.

화엄사 일주문에서 시계를 보니 오후 5시였는데, 쉬지 않고 올라가 노고단산장에 도착하니 6시 15분. 산장에 계시던 고(故) 함태식 선생님께 물 한잔 얻어 마시고 개를 데리고 산길을 내려와 저녁밥을 먹었다.

보통의 건강한 사람이 걸어서 왕복 8시간쯤 걸리는 산길을 2시간 30분 만에 다녀온 것이다. 그의 이야기를 들으며 소설 임꺽정에 나오는 황천왕동이가 생각났다. 화엄사에서 노고단까지 수없이 오간 그에게 지리산은 집이나 다름없을 것이다.

그의 아내는 여수 사람이다. 아내 이야기를 하며 그는 인연은 따로 있다는 말을 했다. 중풍인 어머니를 모실 때는 중매도 안 들어왔는데, 어머니가 돌아가시자마자 두 곳에서 중매가 들어왔다. 서른 살 때였다. 그는 마르고 호리호리한 순천 아가씨보다 넉넉한 여수 아가씨를 택했다. 외모보다는 시골살이를 기꺼이 받아들일 수 있는 사람에게 정이 가더라고 했다. 그때 그의 아내는 스물세 살이었다. 스물세 살의 도시 아가씨는 서른한 살의 농촌 총각의 어디가 좋았을까?

아내와는 중매로 만난 이듬해 결혼을 했고 슬하에 1남 1녀를 뒀다. 그의 아들은 서른한 살 되던 해에 사고로 세상을 떠났다. 5년 전의 일이다. 아들 친구들 보면 술 생각이 난다고 한다. 담배를 못 끊는 것도 그 때문일 것이다. 딸아이는 혼인을 했고 손자도 있다. 세 살 된 손자 이야기를 할 때면 그의 얼굴에 웃음이 가득하다.

그는 55세까지 포터를 했다. 지금도 좋아하는 사람이 오면 산에 올라간다고 한다. 포터가 아닌 그냥 동행인으로서 길을 안내하며, 옛정을 나눈다. 그와 함께 산에 오르기 위해 30년 동안 한 해도 안 거르지 않고 찾아오는 분도 있다고 한다. 포터 하던 시절 기억에 남는 사람들이 있느냐는 질문에 그의 얼굴에 미소가 번졌다.

"판사, 검사, 이런 사람들은 산에 와서도 목에 힘을 주려고 한다니까. 판검사야 그 자리에 있을 때나 판검사지. 산에 오면 다 똑같은데 말야. 그 사람들은 그걸 모르더라고. 청와대나 안기부, 그 사람들은 좀 숨기고 싶어 하지. 회사에서 온 사람들처럼. 산에 같이 갔다가 우연히 권총을 발견해서 '뭐 회사인데 권총을 가지고 다니냐?'고 하니까, '안기부에서 왔습니다.' 이러더라고."

판사와 검사, 청와대와 안기부, 그 사람들 모두 산에 오르면 그를 '이 대장'이라 불렀다고 한다. 1987년 국립공원관리공단이 설립되며 공단의 사법경찰을 하라는 권유가 있었다. 하지만 월급도 적었고, 무엇보다도 마을주민들을 감시해야 하는 일인 것 같아 안 하겠다고 했단다.

그는 지금 황전마을 이장이다. 2004년부터 2006년까지 했던 이장은 일이 생겨 그만뒀었고, 2013년에 다시 이장을 맡았다. 그만뒀던 이장을 다시 하게 된 건 아들을 잃고 힘겨워하는 그를 마을주민들이 이장 맡아 바쁘게 살다 보면 아들 생각을 덜 하지 않겠냐는 배려 때문이었다.

그는 지리산자락 황전마을에 태어나 그곳에서 어린시절, 청년시절, 장년시절을 보내고 있다. 산 아래 살다 보니 자연스럽게 산과 함께 살 게 되었다. 화엄사에서 노고단까지 지게에 짐을 져서 나르는 일이 녹녹하진 않았지만 덕분에 먹고살 수 있었고 좋은 사람들을 만날 수도 있었다.

포터로, 안내자로 살아온 그는 지리산이라는 큰 산, 황전마을이라는 큰 산 아래 마을에 꼭 필요한 사람이었다. 2000년대에 접어들며 산에서의 그의 역할은 줄어들었다. 그러나 거짓말할 줄 모르고 맡겨진 일을 충실히 해내는 그는 산에서 그랬던 것처럼 마을에서도 믿음직한 사람이다. (2016. 06. 25)

지붕 위에 인생을 얹다

내장산 백양사 입구 가인마을
한봉운 어르신

2016년 봄날, 전남 장성 백양사 앞 가인마을에 살고 계신 한봉운(80세) 어르신을 만났다. 하루는 비가 세차게 몰아치던 날이었고, 다른 하루는 봄 햇살이 눈부신 날이었다. 두 날 모두 봄날의 연둣빛이 찬란하게 빛났다. 바람에 쓸리는 연둣빛 물결에 과거와 현재가 살아나고, 알 수 없는 미래도 순간순간 보일 것 같았다. 과거를 회상하는 시간, 살아온 날들이 한 장 한 장 움직이는 장면이 되어 넘어간다.

가인마을은 마을 앞에 보이는 봉우리 이름(가인봉)에서 유래했다고 한다. 아름다울 가(佳)에 어질 인(仁)을 쓰던 마을은 한국전

내장산국립공원
백양사 입구

쟁 후 행정구역 개편 때 더할 가(加)로 잘못 기재되어 加仁이 되었다. 가인마을이 생긴 지는 500~600년 전이라고 하나 마을이 언제, 어떤 연유로 이곳에 세워졌는지에 대한 기록은 없다. 마을 근처에 백양사, 청류암 등이 있으니 사하촌으로 시작되지 않았을까 추측할 뿐이다.

어르신은 1937년 장성군 북하면 가인마을에서 태어났다. 어르신이 가인마을에 살게 된 건, 5대 할아버지로 거슬러 올라간다. 원래 전남 곡성 옥과에 살던 어르신의 조상은 백양사가 있으니 살 만한 곳이겠다 싶어 이곳으로 오게 되었다고 한다.

어르신은 어린 시절부터 농사일을 해왔지만 그것만으로는 먹고살기 힘들어 기와 얹는 일을 시작했다. 만암 대종사께서 백양사 법당 기와 보수를 할 때 장가간 사람은 안 올려 보냈는데 어르신은 그 당시 아직 미혼이어서 기와 일을 시작할 수 있었다. 어르신은 기와기술자였던 추광스님 밑에서 7~8년 동안 일하며 기와 기술을 배웠고, 스님이 돌아가신 후에는 책임자로 일을 맡아 했다.

그 후 어르신은 가인마을에서 3킬로미터 떨어진 용두마을에 사는 여인과 1956년 혼인했다. 어르신 나이 스무 살이었다. 그날부터 지금까지 두 분은 함께 살고 계신다.

총각이어서 시작할 수 있었던 기와 일을 어르신은 결혼을 하고도 계속하여 그 후 70세까지 했다. 50년 넘게 기와 일을 했으니 백양사 기와 일은 거의 어르신이 한 셈이다. 기와 일이 한창일 때는 1년에 100일 정도를 했다고 한다. 기와 일은 다른 일보다 4

배 넘게 돈을 받을 수 있어 집안 경제에 큰 도움이 됐다고. 어르신은 기와 일 외에도 곶감 장사, 보리 타맥, 차 사업, 가게 등 안 해본 게 없다고 한다.

"1971년이었지. 서울에 바람 쐬러 올라갔었어. 집은 놔두고. 1년 뒤 다시 마을로 내려왔어." 어르신은 태어난 후 6·25로 마을이 소개되었을 때를 빼고는 자의로 마을을 떠난 건 딱 한 번이라고 회상하셨다.

한국전쟁 중 가인마을 주민들은 소개되었고, 마을은 소각되었다. 가인마을만이 아니라 장성 북하면에 있는 25개 자연마을이 모두 소개되었다. 살던 마을을 잃은 주민들은 소개되지 않은 마을에 모여 3년 동안을 살아야 했다. 3년 뒤 마을로 돌아왔으나 집도, 농지도 폐허가 되어 있었다. 마을로 돌아온 주민들은 천막을 치고 살았다. 제대로 된 집을 지은 건 1987년이다. 그 전까지는 초가집, 움막집에서 살았다.

전쟁 전 20호쯤 되던 마을은 집을 지을 수도 없고, 아이들이 학교에 다니기도 힘드니 12호만 남게 되었다. 아이들은 비가 오면 산을 넘어 학교에 다녔다. 마을길의 폭이 1미터가 안 되어 차도 들어올 수 없었다. 길을 넓히고 다리를 놓은 건 새마을운동 때였다. 주민들이 나서서 일을 했다.

국립공원이라 집을 지을 수 없다고 알고 있었으나 1987년 여러 경로를 통해 집을 짓는 건 크게 문제가 되지 않는다는 걸 알게 되었다. 그해부터 마을사람들은 융자를 받아 집을 지었다. 어르신이 살고 있는 집도 그때 지은 집이다. 집을 짓기 시작하면서 가수 수가 다시 늘어났다. 12호이던 마을은 조금씩 늘어나 지금 마을에는 20호가 살고 있다.

어르신은 1986년부터 26년 동안 마을 이장을 하셨다. 어르신은 이장으로서 가장 보람 있었던 일은 마을에 집을 짓도록 한 것이라고 하셨다. "다른 마을에서 손가락질 받지 않기 위해, 산중에 사는 놈들이란 소리 안 듣게 하려고." 어르신 눈가가 촉촉해진다. 가인마을은 어르신이 만든 마을이나 다름없었다.

가인마을은 한봉, 고로쇠 수액, 곶감 등이 주산물이며 내장산 국립공원, 백양사가 있어 민박 손님도 많았다. 비자나무 열매도 적지 않은 수입원이 되었다. 그러나 지금 가인마을은 먹고살기가 힘겹다. 토종벌은 4~5년 전 떼죽음을 당했고, 고로쇠 수액은 다른 곳에서도 많이 한다. 서해안고속도로가 개통되면서 바다와 서해안 가까이에 있는 관광지로 사람들이 몰리니 민박 손님도 뚝 떨어졌다. 배가 아픈데, 촌충에 효과가 좋은 비자열매는 국립공원의 숲이 무성해지면서 다른 나무에 묻혀 열매가 안 열린다. 감은 딸 사람이 없다.

"예전에는 하루 세끼 밥을 먹으면 8일간 일해야 쌀 대두 한 말(20킬로그램)을, 밥을 안 먹고 일하면 5일간 일해야 쌀 대두 한 말을 받았지. 지금은 하루 일당이 쌀 한 가마니(80킬로그램)이고. 술과 밥을 다 대접해도 일당이 10만 원, 기술자는 15만 원, 전문가는 20만 원을 줘야해. 그러니 사람을 사서 농사짓기는 너무 어려운 세상이야."

도시사람들은 시골길을 다니다가 12월이 되어도 감나무에 감

한봉운 어르신의 칠순 때 찍은 사진

1987년 지은 어르신 집. 집을 짓도록 한 후 상을 받았다.

어르신은 1982년부터 한봉을 했다. 왼쪽이 한봉운 어르신

이 달린 채 있는 걸 보면 아까워한다. 왜 안 땄을까? 궁금해 한다. 딸 사람이 없어서 못 땄으리라고는 상상도 하지 못한다. 딸 사람을 고용하고자 해도 딴 감을 팔아서 그 돈을 회수할 수 없으니 아깝고 속상하지만 그냥 놔둘 수밖에 없다. 나무에서 밭에서 열심히 키운 농작물이 썩어가는 걸 그냥 보고 있을 수밖에 없다.

어르신은 젊은 사람들이 고향을 지키고 살 수 있을지 막막하다고 한다. 다른 곳은 귀농하는 사람들도 많다지만 가인마을은 먹고살 게 없으니 들어오는 사람들도 없다고 안타까워하셨다.

내장산은 1971년 11월 17일 우리나라 제8호 국립공원으로 지정되었다. 그런데 한봉운 어르신을 만나며 알게 된 사실 하나는 마을주민들이 국립공원이란 걸 체감한 건 1987년이라는 점이다. 1987년은 국립공원관리공단이 설립된 해이다. 공단직원들이 국립공원을 관리하며 예전과는 뭔가 달랐다는 거다.

내장산국립공원 안
가인마을 위치 안내도

어르신은 마음대로 집을 짓지 못했던 것 말고는 국립공원이어서 어려웠던 일은 크게 없었다고 하셨다. 이런 생각 때문에 2010년 국립공원 구역조정 당시 가인마을이 국립공원에서 해제되는 걸 원치 않으셨다. 그러나 다른 주민들이 원하고, 환경부가 만든 기준에도 합당하니 가인마을은 국립공원에서 해제되었다.

국립공원 경계 안에 있지만 더 이상 국립공원의 일부가 아니게 된 가인마을. 그곳이 국립공원 안에 있든 밖에 있든 경계에 있든, 그곳에 사는 사람들이 국립공원이 있어 마음 든든하고, 삶에도 도움이 되고, 그곳에 사는 것이 자랑스러웠으면 하는 맘이다. 한봉운 어르신처럼 고향인 국립공원을 떠나지 않고도 살 수 있는 사람들이 많아졌으면 하는…. 어르신이 오랜 시간 건강하게 마을을 지키며, 마을 이야기, 살아온 이야기를 주변에 들려주셨으면 하는 바람이다. (2016. 05. 26)

산에 바다를 묻다

단오, 화엄사 화산에
소금을 묻는 까닭?

지난 6월 13일은 계사년(癸巳年) 단오(端午, 음력 5월 5일)
였다. 단오는 1년 중 양(陽)의 기운이 가장 센 날이라 한다. 단오
를 며칠 앞둔 어느 날, 단오 풍습이 남아 있는 곳이 없어 아쉽다
는 나에게 우범스님은 해마다 단오 때면 화엄사 스님들이 산에
소금을 묻는다고 했다. 귀가 번쩍했다.

산에 소금을? 나의 의문에 우범 스님은 간단히 답했다. "소금
을 묻어 화기를 잠재우는 거지요." 아 그렇구나, 근데 왜 소금
일까, 옛날엔 소금이 귀했으니 귀한 걸 묻는 걸까, 아님 부정 탔
을 때 소금을 뿌리듯이 소금이 화마를 물리치리라 생각하는 걸
까?

단오 날, 나는 스님들을 따라 산에 올랐다. 화엄사 적묵당 마당
을 서성이던 효진 스님은 산에 왜 소금을 묻느냐는 질문에 웃으
며 답했다. "소금이 뭡니까, 바다에서 나는 것 아닙니까? 바다는
가장 큰 물이지요. 그러니까 산에 소금을 묻는다는 건, 산에 가
장 큰 물을 묻는 거예요. 가장 큰 물을 산에 묻어 화기를 잠재우
는 거지요."

계사년 단오 행사에 참여한 화엄사 스님들

   화엄사는 단오 때면 산에 소금을 묻는 전통이 있다고 한다. 잠시 끊겼던 전통은 6년 전부터 다시 행해졌다. 옆에서 이야기를 듣던 원오 스님이 한마디 거들었다.

   "화엄사만 하는 거 아닙니다. 다른 절에서도 합니다. 화엄사의 화산은, 그러니까 불의 기운이 가득한 화산은 각황전에서 봤을 때 뾰족한 저 산입니다. 전각에 소금을 놓아두기도 하는데 처마 밑, 아래서는 잘 안 보이는 곳에 소금을 넣은 작은 항아리를 놓습니다. 역시 단오 때 합니다." 그래서 절에서는 화재를 예방하기 위해 봉우리, 암자, 다리 등의 이름을 水(물수)자를 넣어 짓기도 한다는 설명이다. 수정봉, 수정암, 수정교, 수문교 등등처럼.

소금과 새참을 챙긴 스님들은 계곡을 건너 산길을 이리저리 헤치며 화산으로 올랐다. 한 차례의 내리막도 없는 산길이었다. 몸에서 불이 나는 듯했고, 얼굴로 올라온 화기는 안경을 뿌옇게 만들었다. 땀이 비 오듯 했다. 여러 산을 여러 해, 여러 차례 다녔지만 처음 경험하는 열기였다. 내 몸에 이렇게 많은 열과 물이 있다니, 놀라웠다. 스님들도 땀범벅이었다.

땀과 열기에 휩싸인 걸음은 두 시간쯤 지나서야 멈춰졌다. 이곳이라고 했다. 특별할 것 없는 작은 봉우리였다. 스님들은 바위 아래 묻어뒀던 항아리에서 작년 소금을 꺼내고 가지고 온 소금을 넣었다. 땅을 파고, 항아리를 꺼내고, 소금을 꺼내고, 소금을 넣고, 항아리를 다시 땅에 묻는 스님의 손길에 정성이 가득했다.

화엄사의 화산, 뾰족한 그곳 사방에 소금을 묻은 스님들은 각자의 자리에서 각황전을 바라보며 목탁을 치고 반야심경을 독송했다. 산속에서 듣는 반야심경에 몸과 마음이 밝아지는 듯했다. 화산에 묻힌 소금은 불로부터 화엄사를 지켜줄 것이다. 화산에서 낭송된 반야심경은 지리산으로 들어오는 뭇 생명들이 평화롭게 숨 쉬도록 보살펴줄 것이다.

화산을 오르던 내내 나던 열은 산을 내려와서도 한동안 계속되었다. 화산의 기운이 나에 이르러 다른 곳으로 흐르지 못한 이유가 뭘까? 내 안의 고집과 어리석음이 화의 기운을 잡아둔 것이리라. 화산에 올라 소금을 묻으며 불로부터 지리산과 화엄사를 지켜달라는 서원을 모았던 단오 날, 화엄사 마당엔 보리수나무가 꽃을 피웠고, 꽃 향에 취한 벌들은 윙윙 바쁘게 움직였다.

화산으로 가는 길

화산에 소금을 묻는 스님들

스님들은 화산에 소금을 묻은 후 합장하고 반야심경을 독송했다.

각황전 앞에서 본 화엄사의 화산

　지난 주말 화엄사 선방에서 안거 중인 연관 스님을 뵈었다. 연관 스님은, 화산은 불꽃모양의 봉우리로, 모든 절에 화산이 있는 건 아니라고 했다. 해인사의 경우는 남산제일봉이 화산인데 불꽃 모양이라고. 연관 스님의 이야기를 들은 후 화엄사 각황전에 서서 앞산을 보니, 화엄사의 화산은 뾰족이 하늘로 오르는 불꽃 모양이었다.

　연관 스님은 절 주변에 동백나무를 심는 것도 화재로부터 절을 보호하기 위한 방편이지 않겠냐고 했다. 동백나무가 불땀이 좋지 못하여 땔감이 귀하던 섬에서도 베어 쓰지 않는다는 사실을 알고 있는 나는 스님 말씀에 100% 동의했다. 동백나무로 유명한 선운사나 화엄사 각황전 뒷산에 동백나무가 많은 것도 그러한 이유였을까? 그렇다면 동백나무 숲은 절 안에서 시작된 불이 숲으로 번지지 않게 할 뿐 아니라 숲에서 시작된 불이 절로 번지는 것을 막는 훌륭한 방화림이다.

해마다 단오 때면 화산에 올라 소금을 묻는 화엄사 스님들처럼 옛 어르신들도 단오를 기념했다. 단오선(端午扇)이라는 부채를 선물하고, 창포(菖蒲)로 만든 창포주를 마시거나 창포물에 목욕을 하고 머리를 감았다고 한다. 올해 가장 뜨거운 단오를 지낸 나는 내년 단오엔 이웃들과 부채를 나누며 편안한 마음으로 충만한 양의 기운을 느껴보고 싶다. (2013. 07. 23)

대통령도 좋아했다던 늦가을 멧돼지 피

구례 사냥꾼 한 샘,
사냥은 특별한 게 아닌 일상

"한 샘이 최고야. 구례에서 사냥이나 했다는 사람들, 다 한 샘에게서 배웠거든. 귀가 먹어 잘 못 들으니 큰 소리로 물어봐야 해. 그때 이야기, 곰, 멧돼지 어떻게 잡았는지, 누구랑 함께 다녔는지." 한창수 님(81세)을 소개해준 최동기 님은 그를 한 샘이라 불렀다.

한 샘, 그를 만날 날이 다가오자 그의 모습이 상상됐다. 큰 키에 우락부락, 나이가 있으니 얼굴에 주름살이 많겠지만 눈매는 날카로운, 당연히 다리는 길고, 손아귀 힘은 무척 셀 것으로.

그를 만난 건 벚꽃이 꽃망울을 터트리기 직전인 어느 봄날, 문척 옛 다리를 건너기 전에 있는 최동기 님 사무실에서였다. "아, 안녕하세요." 인사를 하며, 나는 예상을 빗나간 그의 모습에 순간 허탈해졌다. 그는 낡은 소파에 다소곳이 앉아 있었다. 투명한 그의 눈망울은 어린아이와 같았다. 굵은 주름살, 웃음, 손놀림, 연약한 몸매, 구례 어디에서나 볼 수 있는 이웃 농사꾼 어르신의 모습이었다.

나의 인사에 그는 눈을 껌벅이며 최동기 님을 봤다. 나와는 소통하기 싫다는 걸까?

"한 샘, 내가 얘기했던 사람이라, 한 샘 이야기를 듣고 싶어 해, 신문에 낼 거야, 피해 되는 일 없도록 할 테니까 걱정하지 말고 편하게 말해." 최동기 님이 소리치고, 잠시 정적이 흐른 뒤 그는 고개를 돌려 나를 봤다.

그는 내 말을 못 알아들었다. 목소리가 작아서만이 아니라 서울말에 가까운 내 어투가 그에게는 낯설었으리라. 그는 내 아버지와 같은 해에 태어났다. 내 아버지보다 17일 빨리 세상과 만났다. 그와 나의 작은 인연이다.

사냥이야기를 해달라는 최동기 님의 재촉에도 불구하고 그는 1948년 빨치산이야기를 했다. '반란'이란 표현을 쓰며, 문척지소 근처에서 보초를 서다 빨치산에게 끌려가 살아나온 이야기를 먼저 했다. 그는 뒤에서 총을 들이대는 빨치산에 못 이겨 문척 지소, 죽마리 사격장, 반냇골, 도실봉, 용지동을 돌아 백운산으로 들어가야 했다. 등에 쌀 반 가마니를 짊어지고 맨발로 산을 올라야 했다. 그는 아픔보다 추위를 기억하고 있었다. 추웠다고 했다.

그의 삶에서 가장 기억되는 순간, 춥고 두려움에 떨었던 시간들, 그가 나에게 해주고 싶었던 이야기는 사냥이야기가 아니라 그해 겨울의 이야기였다. 3명이 끌려갔다가 2명만 살아온 이야기, 지리산자락 골골마다, 집집마다 간직하고 있는 그해 겨울, 그해 여름의 이야기, 그의 눈에 이슬이 맺혔다.

"박정희 대통령이 온다는 기라, 멧돼지 피 먹으러. 전라도 포수들이 총출동해서 산으로 향했는데, 칼빈으로 은어 잡는 양포와 몰이를 잘하는 정 씨, 나 이렇게 3명이 한 조가 되어 문척 뒷산으로 올라갔지, 멧돼지를 잡아가지고 내려왔는데… 참, 남원에서 드시고 가셨다고. 그래 동네 사람들하고 갈라 먹었지. 늦가을 멧돼지 피가 좋거든, 여름에 먹으면 큰일 나고."

한 이야기가 끝난 후 그는 길게 한숨을 쉬었다. 생각나지 않는다고 했다. 그러다가도 뭔가 떠오르면 이야기를 했다. 사진을 놓고 설명하듯 이야기를 했다.

"곰도 잡았었지, 백운산에 3명이 함께 가서, 곰은 쓸개보고 잡은 건데, 그때도 곰을 잡으면 안 되던 시절이어서 몰래 숨겨놨다가 썩어서 버렸지 뭐."

그는 멧돼지 몇천 마리를 잡았다고 했다. 사냥을 하러 구례 사방천지 안 가본 곳이 없다고, 광주까지 갔었다고 했다. "내가 젊어서 돈을 알았으면 부자가 되었을 텐데, 아 몰랐지. 그냥 동네 사람들하고 갈라먹고, 그래서 할머니에게 지청구를 들어, 지금도. 산에 가라면 좋아서 뛰어갈 거라고 할머니가 말해." 할머니는 그의 아내를 말한다.

©박은경

구례에서 그는 유능한 사냥꾼이었다. 그에게 총을 주며 멧돼지를 잡아 달라 부탁한 사람도 많았다. 산동, 문수리, 피아골, 외곡, 하천리 곳곳을 다니며 사냥을 했다. "공양생이란 사람이 있었는데, 발을 잘해, 동물 발자국을 따라가서 잡는 거지. 한번은 공양생이 곰 발을 따라 곰 굴까지 가서 곰 굴을 들여다보다가 그만 낯을 긁혀버린 거라. 피가 철철 흘러서…." 그리고 그는 말을 보탰다. 곰은 몸을 건드려야 대들지, 그렇지 않으면 도망가는 동물이라고.

반달가슴곰, 멧돼지, 노루, 고라니, 삵 등등. 야생동물 이야기는 남의 이야기다. 고라니를 제외하고는 그들을 만나는 게 쉬운 일이 아니니까. 그래서 그들의 이야기는 낯설고 신비롭다. 그에게서 스펙터클한 사냥이야기를 듣고 싶었다. 그러나 그는 "생각이 안 나, 많이 잡았지, 특별한 건 없어"를 반복했다. "젊어서는 맥없이 돌아다녔지, 지금서야 농사짓고 있어. 늙은께, 산에 못 가니까." 그에게 사냥이야기는 농사짓는 이야기처럼 그냥 삶의 이야기였다. 특별한 게 아니었다. (2013. 04. 01)

"국립공원, 너무하는 거 아닙니까?"

우주로 나가는 꿈을 꾼
부운마을 산골 이장 김형식 님

춥고 눈 많은 겨울날, 지리산 북쪽에 있는 남원 산내 부운마을에 가기로 마음먹었다. 지난가을 '지리산국립공원 보전관리계획 중간보고회'에 갔을 때 부운마을에서 온 주민이 지리산국립공원사무소를 향해 했던 말들이 나를 향한 말 같아 마음이 편치 않았기 때문이다. 쏟아낸 말들의 여운이 해를 넘기지 말고 그를 만나야 한다고 주문하고 있었다.

"국립공원, 너무하는 거 아닙니까, 사유지를 보상하든지, 아님 뭔가 할 수 있도록 해주든지, 이도저도 못 하게만 하면 어쩌겠다는 겁니까?" 50세 전후의 그는 당시 중간보고회 자리를 박차고 나갔었다. 쌩 나가는 그를 잡아 핸드폰 번호를 받았다.

지리산국립공원 안에 있는 부운마을은 와운, 반선마을과 함께 남원시 산내면 부운리에 속한다. 마을 여기저기에 지리산국립공원북부사무소에서 설치한 '야생동물에 의한 농작물 피해 방지 전기울타리'가 있어 밭 근처에서 얼쩡거리다 보면 반달가슴곰과 멧돼지, 고라니를 만날 것도 같았다.

부운마을 전경

　부운마을은 상부운, 중부운, 하부운으로 나눠지는데 보통 부
운마을 하면 하부운을 말한다. 하부운은 오래된 마을 터인 중부
운이 한국전쟁 때 소개되면서 생긴 마을이다. 지금 하부운엔 12
가구가 살고 있고, 상부운엔 3가구 정도가 산다. 하부운과 상부
운은 모두 부운마을에 속하지만 상부운 사람들의 삶과 생활 방
식이 독특하여 하부운 사람들과는 잘 어울리지 않는다고 한다.

　중부운, 상부운은 어떤 모습일까? 하부운을 지나 산길로 접어
드니 길옆엔 감나무가 천지이고, 감나무마다 까치들이 먹기엔
너무 많은 감들이 홍시가 되어 달려 있었다. 도시 사람들이 봤다
면 아깝다며 난리가 났을 텐데…. 눈길 머무는 곳마다 감이 달려
있으니 원래 이곳의 겨울은 감나무에 감이 달려 있어야 할 것 같
았다.

상부운을 가는 초입, 부운생태마을 생태관광 체험단지라 되어 있는 곳이 하부운의 원터 중부운이다. 이곳에서 한 20분쯤 걸어가면 상부운이 나온다. 상부운은 길도 애매하고, 안내판에 마을 표시도 없어 자칫 부운치로 올라가기 쉽다.

상부운으로 가는 길, 작은 개울을 건너 어디로 가야 하나 망설이고 있는데, 개 한 마리가 나타났다. 개는 안 보일만 하면 살짝 고개를 돌려 눈을 마주쳤고, 어디로 갔을까 찾으면 컹컹하며 존재를 알려줬다. 개를 따라가니 집이 보이고, 개와 닭, 도끼, 곶감 등 사람의 흔적이 나타났다.

이런 곳에 사람이 산다는 게 신기하고, 뭔가 특별함이 있을 것 같았다. 사람을 찾아 문을 두드리고, 큰 소리로 불러도 봤지만 아무도 만날 수는 없었다. 다들 산 너머로 일을 나간 모양이다. 상부운에 사는 사람들이 궁금하였지만 다음을 기약해야 했다. 다음을 기약한다는 것이 부질없음을 알면서도 아쉬울 때마다 되뇐다. 다음에 봐요, 다음에 하면 되지요, 이번 생에 안 되면 내생에라도.

상부운은 현실의 마을 같지 않았다. 상부운에서 하부운으로 내려오는 길은 상상의 세계에서 현실의 세계로 내려오는 길이기도 했다. 하부운 한복판에서 민박과 식당을 하는, 나에게 핸드폰 번호를 건넸던 남자를 만났다. 부운마을 이장 김형식 님(54세). 그는 이곳에서 태어나 2~3년간 외지에 나갔다 온 것 말고는 50년을 이 마을에 산 사람이다. 그에게 부운마을은 애증의 마을이다.

"부운마을엔 마을회관이 없지요. 국립공원 안이다 보니 마땅한 터가 없고, 기금도 부족한 상황이라서, 아쉽죠, 어르신들이 마땅히 만날 곳이 없으니까요. 국립공원이요, 8부 능선 아래는 사유지인데, 뭐 하나 제대로 할 수 있는 게 없어요. 재산세는 내는데 재산권 행사도 못 하고, 정부 지원사업도 못 하고, 화 나지요."

부운마을 산골이장 김형식 님

그의 화는 충분한 동의 없이 집과 논밭, 산을 어느 날 국립공원으로 지정한 것에 대한 원망이었다. 국가에서 이주계획을 수립하면 언제든지 나가겠다고 한다. 주민들로부터 외면당하는 국립공원, 국립공원 보전운동을 하는 나로서도 속상한 상황이다.

그는 아무것도 못 하게 하는 국립공원에 분명히 반대하였다. 생태계에 대한 그의 설명은 이렇다.

"예전엔 농사를 짓기 위해 산에 불을 냈었죠. 그러니 산딸기다, 머루다 뭐 이런 것들이 많아요. 야생벌도 많았고, 곰도 많았지만 지금은 산이 울창해서 먹을 열매가 없어요. 그러니 벌도 없고 곰도 없고 그런 거지요. 공원 안에 사는 주민들, 특히 고로쇠 물 받는 주민들이 산을 지킵니다. 왜냐? 나무가 잘못되면, 나무가 사는 산에 뭔 일이 있으면 돈을 벌 수 없으니까요, 살 수 없으니까요."

그는 폐교가 된 덕동초등학교를 다녔다. 그때 덕동초 학생이 160명쯤이었다니 뱀사골에 사람이 많이 살긴 살았었나 보다. 덕동초등학교까지 3.5킬로미터, 산내중학교까지 8킬로미터를 걸어 다닌 그의 어릴 때 꿈은 '우주로 나가는 것'이었다. 암스트롱의 달 착륙 소식을 들으며 진실로 우주로 나가고 싶었다고 한다. 산속에 파묻혀 살던 소년이 우주로 나가는 꿈을 꾼다, 동화 같은 이야기였다.

꿈을 간직하며 밤하늘을 바라보던 산골소년은 남원에서 열린 큰 대회에서 상을 받을 정도로 그림을 잘 그렸다고 한다. 먹고살아야 하니까, 새벽부터 밤까지 일해야 하니까. 지금은 그림 그릴 시간이 없지만 더 나이 들면 다시 그림을 그려볼 참이란다. 중학교 다닐 때 수험료를 못 내 정학 처분까지 받았던 그의 어린 시절은 가난하였지만 행복하였던 것 같다. 그 시절 이야기를 하는 그의 입가에 웃음이 떠나지 않았다.

"논 한 평이 없어서, 국유지에서 나무 베어서 그 땅에다 담배농사 지어서 연명하였지요. 먹는 것만 해결하는 삶이었는데, 중학교 졸업 후 아버지, 형이랑 야생벌을 만나면서 살림이 좋아졌어요. 아버지가 산에서 야생벌을 발견하고, 야생벌 번식에 성공하면서 우리 집만이 아니라 산내지역 농가들의 수익을 창출하게 되었지요. 결혼할 즈음엔 꽤 잘 살았어요. 이곳 뱀사골도 88도로가 뚫리면서 사람들이 많이 오니까 장사도 잘되었죠. 그런데 지금은 관광객이 팍 줄었어요. 심각한 상황이지요."

야생벌 사업이 번창하고, 관광객이 몰려오던 시기, 살림이 좋아졌고 그때 그는 남원 사는 어린 처자와 결혼을 하게 되었다.

88년 1월에 결혼하여 24년째 부운마을에 살고 있는 그의 아내는 결혼하면서 지리산을 봤다고 한다. 남원에 살았지만 지리산, 말만 들었지 본 적이 없었다고. 결혼해서 뱀사골도 와보고 출세했다며 피식 웃는다.

결혼하며 처음 본 지리산, 병풍처럼 산만 보이는 뱀사골계곡으로 들어온 그녀는 암담했단다. 한 달 동안 내리 울었다고. 바로 아래 여동생이 결혼을 해야 하는 상황에서 중매로 한 결혼이었으니 원망도 많았을 것 같다.

"여기요? 결혼식 며칠 전 짐 들이면서 처음 와봤어요. 짐 들여놓고 나가려 하는데 눈이 많이 와서 나갈 수 없는 거예요. 이 집을 지은 게 96년이었고요. 그 전엔 이 터에 집이 다섯 채 있었어요. 화장실에 돼지가 사는 그런 집이었죠. 민박 오는 사람들이 불편해하니 대출 받아서 집을 지었고요. IMF 전까지는 괜찮았는데 그때부터 손님이 끊겨서, 대출한 돈 갚는 게 힘겹죠 뭐."

세상의 모든 어머니들이 그렇듯이 그녀도 아이들 이야기가 나오자 울컥했다. 중학교 때부터 남원 친척집에 아이 둘을 맡겼다는 그녀는 밥 먹을 때마다 아이들이 걱정된다고 했다. 사는 데 연연하다 보니 아이들과 계속 떨어져 사는 것 같아 미안하다고도 했다. "여기가 싫은 건 아니지만 아이들이 여기로 들어와 사는 건 반대예요. 그냥 쉬러 들르는 곳이었으면 하지요." 억척스런 삶을 물려주고픈 부모는 없으리라.

화제를 바꿨다. 그녀의 시아버지는 입담이 좋은 분이었다. 시아버지는 와운에 살다가 한국전쟁 때 와운이 소개되자 하부운으로 내려와 정착하게 되었다 한다. 그녀는 시아버지로부터 들은 이야기를 해줬다.

한국전쟁 직후 어느 날 산을 돌아다니다가 산막으로 돌아오니 엉덩이가 누런 것이 막사 안을 들여다보고 있더란다. 해서 불쏘시개를 만들어 엉덩이를 쑤시니 막사 담을 넘어 도망갔다고. 엉덩이가 누런 것, 그건 호랑이였단다.

예전엔 소문난 이야기꾼들이 있었다. 이야기꾼이 오는 날이면 동네사람들은 마을 밖 소식과 산 너머에서 들려오는 이야기를 밤새워 들었다. 그녀의 시아버지도 그랬던 모양이다. 가는 곳마다 아주머니들이 이야기를 해달라고 졸랐다고 했다.

그와 그녀가 사는 부운마을은 오늘 마을총회를 한다. 마을 이장을 새로 뽑고, 마을사람 모두가 마을 밖으로 나가 밥을 먹는 중요한 날이다. 그는 이장직을 내놓을 생각이라고 했다. 어느 날 부운마을을 방문하면 그는 더 이상 이장은 아니겠지만 여전히 마을사람으로 마을 안에 머물고 있을 것이다.

부운마을엔 이곳에서 태어난 그와 결혼하면서 지리산을 처음 봤다는 그녀가 산다. 그들은 기회가 되면 이곳을 떠나고 싶다고 하였으나 반백년을 살아온 마을을 떠나기는 쉽지 않을 것이다. 아버지의 아버지가 계속 살아왔던 것처럼.

지리산이란 인연으로 만나, 지리산에서 살고 있는 사람들이 행복한, 가난하지만 따뜻했던 기억들을 소중히 간직하며 살아갈 수 있었으면 좋겠다. 국립공원이 모든 사람을 떠나보내기로 작정하지 않은 다음에야 말이다. (2013. 01. 03)

함태식, 그와 걷는 마지막 노고단 길

지리산을 이야기할 때 떠오르는 사람들이 많다. 고운 최치원, 점필재 김종직, 남명 조식, 매천 황현. 모두 지리산 어느 골짜기에 큰 흔적을 남긴 분들이다. 그들과는 다른 측면에서 함태식 선생님(84세)은 우리 시대 지리산을 상징하는 또 한 분의 어른이시다.

내가 선생님을 가까이서 뵌 건, 2009년 2월 28일이다. 그날 피아골대피소에서는 선생님의 38년 지리산 생활을 마무리하는 조촐한 모임이 있었다. 선생님은 서운함과 아쉬움 때문인지, 아니면 멍에를 벗어버린 시원함 때문인지, 이미 거나하게 한잔 하신 상태였다. 피아골대피소 현관문에 기대어 가야금 병창을 듣던 선생님의 모습은 지금도 나의 뇌리에서 잊히지 않는다. 애처로웠다.

2009년 5월 4일, 선생님과 중산리에서 8시간 동안 걸어 천왕봉에 올랐다. 휘청대는 선생님의 다리를 보면서 "더 이상은 안 되겠는데"라고 생각할 때였다. "산은 소걸음으로 천천히 가는 거야." 선생님은 천왕봉을 향해 뚜벅뚜벅 걸음을 옮기셨다. 따가운 5월의 햇살을 받으며 올라가시는 선생님의 뒷모습을 보며 여든이 넘으셨는데 정말 대단하다 싶었다.

선생님은 가끔 구례읍의 '지리산 사람들' 사무실에 들르신다. 낮밥을 먹자고 할 때도 있고, 빵을 들고 오실 때도 있다. 케이블카와 관련한 궁금증이 생기면 전화를 걸어 이것저것 물어보신다. 지리산 하면 여전히 눈을 반짝이시지만, 선생님의 눈매는 더 이상 지리산 호랑이의 날카로운 그것이 아니다. 반야봉처럼 부드러운, 맘씨 좋은 할아버지의 그것이다. 지리산과 반평생을 살아온 선생님이 지리산에서 아름답게 마무리하길, 지리산이 지켜지길 바라는 선생님의 소망이 꼭 이뤄지길 빈다.

지리산케이블카반대
천왕봉 1인 시위 중인
함태식 선생님의 생전 모습

글을 쓰기 위해 피아골과 구례읍내에서 선생님을 뵈었다. 선생님은 기억을 더듬어, 농을 섞어가며, 가림 없이 당신의 삶과 생각들을 말씀해주셨다. 긴 시간, 대화를 나누어주신 선생님께 감사드린다. 선생님과의 대화는 편의상 평상어로 정리했다.

어린 시절은?

아버지, 어머니 두 분 다 구례사람이야. 10남매 중 넷째 아들로 태어났지. 내 탯자리는 봉동리인데, 그곳은 아버지가 상회를 하던 자리였어. 아버지는 머리가 비상하고 장사 수완도 좋아서 많은 돈을 벌었지. 그 돈으로 땅을 샀는데 당시 삼천 석 집이었다고 해. 부자긴 했지만 인심을 잃진 않았어. 다른 부자들에 비해 소작료도 적게 받고, 해방 후에는 소작인들에게 땅을 나눠줬거든. 지금 구례에는 나와 학교 교사로 한평생을 살아온 내 동생이 살고 있어. 넷은 하늘로 갔고, 나머지 형제들은 아버지 제사 때면 모두 모이지.

학창시절, 반항아였나요?

구례중앙초등학교와 5년제 순천중학교를 졸업한 후 연희전문학교 이과에 들어갔어. 졸업은 못했지. 당시 전국적으로 서울종합대학 반대운동이 있었는데, 그 일에 내가 앞장섰거든. 학창시절 나는 의협심이 많았어. 중학교 때는 항일 때문에 일본인들에게 많이 맞았고, 생각해보면 평생 실속 없이 부조리와 싸웠던 것같아. 내가 말이야, 해방된 이튿날 구례경찰서를 점령해 서장 노릇을 했었어. 당시 18세였는데, 믿어지지 않지? 그 난리 중에도 일본인들 생명과 재산을 보호해줬어. 사람들이 잘 따라준 덕분이지.

한국전쟁 전후 무얼 하셨는지요?

우리 가족은 해방 후 서울로 올라갔지. 마포에 살았는데, 우리 집 별칭이 '마포 전라도부잣집'이었어. 다시 구례로 내려오게 된 것은 전쟁 때문이야. 스물세 살 때 전쟁이 났는데, 신체검사에서 갑종합격을 받고 바로 부산으로 갔어. 징병기피 도망, 당시는 나 같은 청년이 부지기수였어. 부산에서 거지처럼 생활했는데, 그 때 아내를 만난 거야. 서울에서 피난 온 아가씨였는데, 최인애라고. 사랑했냐고? 당연하지. 아내는 미인은 아니었지만 현모양처였어. 여든 살이 되도록 인천합창단에서 활동할 정도로 노래도 잘하고. 산에서 살았으니 가정을 돌보지는 못 했겠다는 말은 마. 노고단산장에 있을 때는 장사가 잘 되어 생활비며 학비며 모두 보냈다고.

전쟁 후 인천에 있던 조선기계제작소에 다녔고, 그때 혼인도 하고, 아이도 낳고 그렇게 살았지. 그러다가 1960년 4월 아버지가 "6·25가 또 날 것 같으니 빨리 내려와라." 해서 구례로 내려 왔어. 한 명은 손잡아 걸리고, 한 명은 업고, 또 한 명은 배 안에 있었는데 걸어서 구례까지 내려왔지. 그때 아버지가 말씀하신 6·25가 또 날 것 같다는 것이 바로 5·16 군사쿠데타였어. 앞을 내다보신 거지.

한국전쟁 후 서울과 구례를 오르내리며 '구례 연하반(求禮 烟霞伴)'(이하 연하반) 활동을 했지. 연하반은 1955년 5월 5일 만들어진 단체야. 연하는 산수 즉 자연을, 반은 짝을 뜻하니, 연하반은 자연과 짝을 이루는 사람들이란 말인데, 이렇게 아름다운 이름, 아무 곳에도 없을 거야. 연하반은 지리산이 국립공원으로 지정되는 데 앞장섰고, 지리산국립공원 지정 후에는 산장을 만드는 역할도 했어. 연하반은 지리산이 국립공원으로 지정된 1967년 12월 29일을 기념하여 이름을 '지리산악회'로 바꿨어. 지리산으로 들어간 건, 1971년 노고단산장이 지어지고, 1972년 노고단산장 관리인을 시작하면서부터야. 아내에게 산에 들어가 함께 살자고 했지만 아이들 때문에 안 된다 하여 혼자 산으로 들어가게 된 거야.

한국전쟁 전후 지리산의 상황은?

지리산은 땅이 좋아 적송, 전나무, 가문비나무, 구상나무 등 좋은 나무들이 많았어. 풍부한 원시림이었지. 그땐 불안한 시대였잖아, 혼란의 시대였지. 지리산도 마찬가지였어. 도벌꾼들이 지리산으로 몰려들어 대규모의 불법적 산림도벌을 공공연히 자행했거든. 골짜기는 말할 것도 없고, 해발 1,500미터 이상 연하천, 칠선계곡 막바지 완사면, 해발 1,700미터 장터목 고산지대에 이르기까지 군용차 엔진을 떼어다가 원형톱날을 걸어 제재소를 차려놓고 도벌했을 정도였으니까. 그때는 이러한 참상을 고발해도 단속을 못하는, 속수무책 무법천지였어.

38년 동안의 산 생활, 힘들지는 않으셨나요?

지리산자락, 구례에서 나고 자랐지. 지리산이 국립공원으로 지정된 후 노고단에 가보니 준비 없이 산에 온 사람들이 많은 거야. 이러면 안 되겠다 싶어 산장의 필요성을 주장하여 노고단, 세석, 장터목 등에 산장이 세워졌는데, 제대로 관리하지 않으니 없는 것만 못한 상황이었어. 누군가 책임지고 관리해야겠다고 생각했는데 지리산악회가 산장 관리를 맡게 되었고, 지리산악회에서 나를 산장관리인으로 추천했어. 그렇게 산 생활이 시작된 거야.

노고단산장을 국립공원관리공단이 직영한다 하여 1988년 1월 4일 피아골대피소로 옮겼어. 노고단산장에서도, 피아골대피소에서도 공단에 임대료를 냈지. 2009년 4월 25일 산에서 내려왔으니 38년을 지리산에서 산 거야. 산에서 혼자 밥해 먹고, 외로우면 술 마셨지. 술은 중학교 때 호기심으로 시작했는데 산에 있으면서 무지하게 마셨어. 아마 남한에서 제일 많이 마셨을걸. 이젠 안 마실 거야.

산 생활, 좋았지. 어려운 거 없었어. 매일매일 산을 탔어. 지리산 어디가 가장 기억 나냐고? 전부 다. 그렇게 산을 다녔는데도 안 다닌 곳이 더 많아. 지리산이 그렇게 큰 산이야. 산 덕분에 좋은 사람들 많이 만났지. 이돈명 변호사, 법정 스님과는 친하게 지낸 사이야.

지금은 어떻게 지내시는지요?

피아골에 있으니 지금도 지리산에 있는 거지. 산에서와 마찬가지로 혼자서 밥해 먹고, 사람들 오면 지리산에 대해 얘기하고, 편하게 잘 지내고 있어. 내가 요리는 잘하거든, 40년 동안 직접 해 먹었으니까. 특히 해물탕을 잘해. 나는 먹는 걸 밝히는 편은 아냐. 요즘은 장어를 잘 먹어, 고기는 이가 좋지 않아 못 먹고.

산에서 살았던 날들, 후회하지 않아. 팔자지 뭐. 산에서 내려오던 날, 서운하진 않았어. 그때 내려오기 두려웠던 건, 내려오면 오갈 데가 없잖아. 다행히 국립공원관리공단에서 있을 곳과 할 일을 만들어주니 감사하지. 산에서 내려오길 잘했어. 퇴계는 유산여독서(遊山如讀書)라 했어. '산에서 노는 것은 책을 읽는 것과 같다.'는 말인데, 산에서 논다는 게 뭐겠어? 산에 오르는 거잖아. 지리산만이 아니라 모든 산에 애정이 가. 우리나라 산은 모두 좋은 산이야. 그러니까 잘 보호해야지. (2011. 10. 13)

'지리산 호랑이' 함태식 선생님의 하산

함 선생님, 오래오래 건강하시어
지리산에서 다시 뵙겠습니다

비가 내렸습니다. 1972년 노고단대피소를 시작으로 40년 동안 지리산에 살며 '지리산 호랑이'라 불렸던 함태식 선생님(84세). 함 선생님이 지리산을 떠나게 되었음을 알리려 노고단에 가던 날, 하루 종일 비가 내렸습니다.

"오늘은 비가 오는 게 맞지, 지리산도 슬플 거야." 가끔씩, 함 선생님의 술과 낮밥 동무가 되어준 한성수 님(하늘씨앗교회 목사)이 말했습니다. "어머니 같은 지리산이니, 더 슬프겠지요."

40년간 데리고 있던 아들을 멀리 보내는 일이 쉽지만은 않을 것입니다.

노고단대피소에 도착한 함 선생님은 이곳저곳을 가리키며 옛 이야기를 하셨습니다. 40년, 상상하기 힘든 긴 시간입니다. 그 시간 동안 함 선생님은 노고단대피소, 피아골대피소, 피아골탐방지원센터 등에 머물며 지리산의 산증인으로, 지리산의 연인으로 살아왔습니다.

함 선생님과 함께 노고단에 온 사람들은 노고할매 탐방안내소에 앉아 이야기를 나눴습니다. 함 선생님은 11월쯤 지리산을 떠나 인천에 사는 아들집에 가게 되었다고 하시며, 지리산 국립공원 지정 운동으로부터 시작된 지리산과의 인연을 말씀해주셨습니다. 함 선생님 눈가에 살짝 이슬이 맺혔습니다. 누구인들 40년 동안 살던 곳을 떠나는데, 가슴이 먹먹하지 않겠습니까? 그곳이 더구나 지리산인데….

함 선생님이 이야기 한 뒤에 한 명씩 돌아가며 인사를 하였습니다. 2009년 5월 4일 천왕봉에서 진행된 지리산 케이블카 반대 산상 시위 때 만나 가까운 사이가 된 연관 스님(실상사 화엄학림 초대학장)도, 스페인에서 잠깐 들어오셨다는 신부님도, 함 선생님을 위해 시를 읽어 준 이원규 시인도, 들락날락하며 그간 연습한 노래를 들려준 김휘근 님도 안타깝고 아쉬운 마음을 이야기하였습니다.

이야기가 끝난 뒤 모인 사람들은 지리산과 지리산을 사랑하는 사람들을 대신하여 함 선생님께 감사패와 감사선물을 드렸습니다.

함 선생님과 다시 지리산을 오르고 싶은 마음, 이날 노고단에 있었던 모두의 마음이었습니다. 이야기를 마치고 노고단을 떠날 때도 비는 부슬부슬 내리고, 지리산은 짙은 안개에 모습을 감추고 있었습니다. (2011. 10. 27)

* 함태식 선생님은 이 글을 쓴 2 년 뒤인 2013년 4월 14일,
86세를 일기로 별세하셨습니다. 다시 한 번 선생님을 추모하는
마음을 담아, 삼가 고인의 명복을 빕니다.

감 사 패

지리산 호랑이 함태식

40년을 지리산에서 살아온 선생님,

지리산의 사계절, 지리산의 밤낮, 지리산 골골에 훤한

선생님이 있어 지리산은 행복하였습니다.

지리산을 대신하여 감사인사 드립니다.

긴 시간 지리산과 함께해 주셔서 감사합니다.

긴 시간 지리산에 사는 동식물, 지리산자락에 사는 우리 모두를

따뜻하게 받아주셔서 감사합니다.

오래오래 건강하시어 지리산에서 다시 뵙겠습니다.

2011. 10. 24

지리산을 사랑하는 사람들

2장

지리산
자락을
거닐다

지리산을 바라보며 자라니
벼들도 행복하겠구나!

다시 걷는 지리산 만인보

지리산자락에 사는 주민들은 4월 말부터 벼농사를 준비한다.

4월 말이 되면 주민들은 마을회관이나 공터에 모여 싹 틔운 볍씨를 모판상자에 파종한다. 모판상자에서 자란 벼는 5월 말부터 논에 심는다. 5월 말 지리산둘레길을 걷는다는 건, 지리산자락에서 모내기하는 걸 볼 수 있다는 의미이기도 하다.

모판을 옮기고, 모내기를 하고, 이제 막 뿌리를 내린 벼들이 잘 자라고 있는지 살피는 농부의 걸음이 잦아지는 때, 봄과 여름의 경계인 계절, 지리산만인보는 남원 매동에서 함양 금계를 걸었다.

남원 매동에서 함양 금계로 가는 길은 '사단법인 숲길'이 지리산둘레길을 개척하며 가장 먼저 개방한 길이다. 많은 사람들에게 알려진 만큼 걷는 사람도 많고, 하루 이틀 쉬어 갈 곳도 많다.

곽판개 이장은 마을 모양이 매화꽃을 닮은 명당이라서 매동이란 이름을 갖게 되었다고 했다. 매동은 고사리, 취나물 등 산나물 맛이 일품이고, 지리산둘레길에 오는 분들을 위한 민박도 넉넉하다고 자랑했다.

매동마을회관에서 출발하여 언덕길을 오르면 밭길이 나온다. 지리산둘레길 1호인 이 길은 주민들이 고사리, 고추 등을 농사 짓는 곳이다. 그런데 길을 걷는 사람들이 별 생각 없이 농작물에 손을 대어 주민들과 갈등이 생긴 곳이기도 하다. '지리산만인보' 걷는 이의 약속, '주변의 농작물과 열매는 주민과 야생동물의 것으로 손대지 않습니다.'는 상생을 위해 꼭 지켜져야 할 것이다.

언덕길을 오르며 숨이 목까지 차오를 즈음 밭에서 만난 아주머니는 손을 흔들어주었다. 손에 흙이 가득했다. 저 손이 흙을 만나 씨앗을 뿌리고, 김을 매고, 물을 준다. 저 손이 흙을 만나 먹을거리를 만든다. 저 손과 저 흙은 세상을 살리고 세상을 바꾼다.

이곳에서 중황까지 가는 길은 밭과 숲이 자연스레 연결되고, 생각을 내려놓고 걷기 좋은 숲길이다. 길을 걷다 보면 아름드리 개서어나무를 만난다. 개서어나무는 서어나무 사촌쯤 되는 나무로 오래된 숲에서 볼 수 있는 나무다. 개서어나무, 서어나무가 어우러진 숲은 걷는 것만으로도 마음이 편해진다.

아메리카 인디언들은 5월을 오디 따 먹는 달, 옥수수 김매주는 달, 구멍에 씨앗 심는 달, 밭 가는 달 등으로 다양하게 불렀다 한다. 아메리카 인디언과 마찬가지로 지리산자락의 5월도 복잡하고 다양하다. 5월 말 지리산자락에서는 새잎이 나고, 꽃이 피고, 열매가 맺힌다.

밭에서 만난 아주머니는 흙 묻은 손을 흔들며
환한 미소를 던져주었다.

　지리산만인보는 매동에서 금계까지 걸으며 숲과 논밭 가에 살
고 있는 풀과 나무의 다양한 모습에 신기해했다. 숲과 논밭 가에
는 한 가지 색으로는 표현하기 힘든 밝고 오묘한 꽃들이 피어 있
었다.

　흰빛을 띤 쇠별꽃, 큰꽃으아리, 토끼풀, 꽃마리, 참꽃마리, 둥글
레, 망초, 은대난초 등등. 노랑색인 산괴불주머니, 젓가락나물, 애
기똥풀, 꽃다지, 돌나물, 뱀딸기, 괭이밥, 뽀리뱅이, 씀바귀, 고들
빼기 등등. 붉은빛의 금낭화, 갈퀴나물, 자운영, 엉컹퀴, 조뱅이,
꿀풀, 쥐오줌풀 등등. 보랏빛으로 빛나는 으름덩굴, 제비꽃, 붓꽃
등등. 꽃인지 잎인지 구분하기 힘든 초록색의 뚝새풀 등이 피고
지는 때가 5월 말이다.

　풀만이 아니라 보리수나무, 산딸나무, 때죽나무, 찔레꽃, 층층

나무, 노린재나무, 국수나무, 아까시나무, 죽단화, 오동나무 등의
꽃도 피고 진다. 이 꽃들은 지리산자락에서만 볼 수 있는 꽃들이
아니다. 한반도 어디에나 있는 꽃들이다. 그러니 더 정겹고 마음
이 간다.

5월 말엔 숲에서 열매를 맺으며 다음 해를 준비하는 팽나무,
벚나무, 딱총나무, 신나무, 뽕나무, 감나무, 탱자나무, 쇠물푸레
나무, 호두나무 등을 볼 수 있다. 앙증스럽게 달려 있는 열매들
은 감탄사를 반복하게 한다. "이게 뭐야, 세상에 귀여워라!"

숲의 변화무쌍함은 꽃과 열매만이 아니라 소리로도 느낄 수
있다. 숲속에 서 있으면 멀리서 달려오는 바람소리가 세차게 들
린다. 소리로는 북풍한설이나 살갗에 닿는 바람은 부드럽고 포
근하다. 햇살은 따가워지고 바람은 부드러우니 숲으로 향하게
되는 때가 5월이다.

밭길, 숲길을 걸어 중황으로 가다 보면 산인지 밭인지 분명치
않은 곳에 하황댁 아주머니가 하는 쉼터가 있다. 주말이든, 평일
이든 이 쉼터엔 사람들이 많다. 아주머니는 도토리묵을 시키면
밭에서 상추를 뜯어다 무쳐주시고, 수수떡을 시키면 토종꿀을
찍어 먹으라고 내놓는다. 딸처럼, 손자처럼 그렇게 대해주신다.
아주머니는 하황에서 태어나 같은 마을 총각과 혼인하여 지금은
중황에 산단다.

평생 농사만 짓던 아주머니는 2년 6개월 전에 쉼터 사장이 되
었다.

"어느 날 고사리 밭에서 고사리를 끊고 있는데 사람들이 내려와. 좋은 꽃도 없는 곳에서 어쩐 일로 사람들이 내려오는가 했더니, 사람들 말이 둘레길이 생겨 이제 많이 올 거라고. 혹시나 해서 꿀을 팔려고 꿀단지를 놓고 앉아 있는데, '한잔 합시다.' 이러는 거야. 술 아닌디요, 꿀이요. 산에서 내려오는 물에 꿀을 타주니 맛있게 먹으며 막걸리와 파전을 팔면 잘될 거라지. 내가 술장사 안 좋게 생각했는데, 자꾸 하라 해서 시작하게 되었어. 이름도 없었지. 다녀간 사람들이 다른 사람에게 얘기하고 싶은데 이름이 있어야 할 거 아닙니까? 이러지. 자주 오는 분이 지어준 거라, '정을 담은 다랭이쉼터'라고."

예전에 매동에서 금계까지 걸어본 사람이 이 길을 다시 걷게 된다면 많아진 쉼터와 매점에 놀랄 것이다. 지리산자락에서 토종벌을 키우던 농민들이 토종벌 집단폐사 후 먹고살 길이 막막하니 쉼터를 냈다고 한다. 하나, 둘 생기기 시작하던 쉼터가 지금은 20개도 넘는다. 지리산둘레길이 텔레비전 프로그램에 나온 후 반짝 장사가 되었지만 지금은 그때와 달라 장사도 안 된단다. 농촌에서는 농사를 지어도, 장사를 해도 걱정스런 일만 많아지는가 보다.

중황에 들어서자 멀리 등구재가 보였다. 등구재는 전북 산내 상황과 경남 마천 창원이 경계를 이루는 고개로, 거북이가 기어 올라가는 지형을 닮았다 하여 붙여진 이름이다. "등구 마천 큰애기는 곶감 까기로 다 나가고, 효성 가성 큰애기는 산수 따라 다

나간다."는 민요가 구전될 만큼 감나무가 많은 곳이다. 옛사람들은 창원에서 인월장을 보기 위해 등구재를 넘어 다녔다고 한다. 등구재는 삶의 내력이 묻어나는 고개이다.

등구재로 올라가는 길에는 지리산을 바라보는 논과 밭들이 층층이 펼쳐져 있다. 벼도 지리산을 바라보고, 고추도 지리산을 바라보고, 고사리도 지리산을 바라보며 자란다. 지리산에서 불어오는 바람 맞고, 지리산에 걸렸던 비구름이 내려주는 비 맞고, 지리산이 뿜어내는 기운 받고 자라니, 여기서 자라는 벼, 고추, 고사리는 신명날 것이다.

천왕봉을 바라보며 있는 논들

등구재를 내려와 창원까지 가는 길은 산을 흉하게 동강 낸 길이다. 숲과 나무를 관리할 목적으로 만든 임도일 것이다. 숲을 동강 내고, 나무를 잘라내고, 이 길은 누구를 위한 길일까? 시끄런 마음을 길가에 핀 층층나무 꽃이 달래줬다.

길은 이런저런 생각을 하게 한다. 저 길의 시작과 끝이 어디일까 궁금하게 하고, 저 길로는 어떤 동물들이 다니는지 엿보고 싶게 하고, 이 길은 누구와 함께 가야 제격일까 싶어 이 사람, 저 사람 얼굴을 떠올리게 한다.

길을 걸으면 자꾸 뒤돌아보게 된다. 내가 걸은 길의 뒷모습을 보고 싶고, 내가 걸은 길을 따라 또 누군가가 오고 있는지 확인하고 싶다. 걷는 길도, 삶의 길도 뒤돌아보고, 생각하고, 천천히, 함께 걸을 때 더 풍부해진다.

창원은 지리산둘레길 옆에 있는 마을이며, 천왕봉이 앞산인 마을이다. 창원은 돌담은 돌담대로, 돌담 안 감나무는 감나무대로, 구불구불 마을길은 마을길대로 마음을 평안하게 하는 곳이다.

김동현 이장은 창원이 해발 450미터에 위치해 있으며, 벼농사를 주로 하고 곶감, 호두, 꿀 등이 많이 난다고 했다. 조선시대 마천에서 각종 세로 거둔 물품들을 보관한 창고가 있었다 하여 '창말(창고마을)'이라 했다가 이웃 원정과 합쳐져 창원이 되었다고 한다.

창원에는 진주에서 오랫동안 환경운동을 하다 4년 전 창원으로 들어온 김석봉 님(환경운동연합 공동대표)가 산다. 김석봉 님은 지리산만인보와의 만남에서 삶의 양식을 바꾸지 않으면 대규모

개발 사업은 필연적이라고, 우리 모두 성장, 물질, 1등 중심 사회에서 소외될까 봐 삶의 진정한 가치를 찾지 못하는 건 아닌지 되돌아봤으면 한다 하였다.

그는 지리산자락의 촌부이고 싶어 했다. 고사리가 나는 철에는 고사리를 끊고, 돌배가 익는 계절엔 돌배를 따러 다니고, 고추와 수박 농사를 잘 지어서 사람들에게 자랑하고 그렇게 살고 싶어 했다. 그를 집회와 강연회 장이 아닌 밭과 산에서 보고 싶은 건 모두의 바람일 것이다.

창원마을회관을 출발하여 숲길, 밭길, 논길을 걸으면 금계마을이 나온다. 매동에서 하루를 시작하여 풀과 나무에 눈길을 주고, 이분, 저분과 이야기하며 걸었다면 금계에 도착했을 때는 이미 어스름 저녁일 것이다.

금계에 있는 마천초교 의탄분교 터에는 지리산둘레길 함양안내센터가 자리하고 있다. 화장실이 세워지고, 주차도 할 수 있어 걷는 이들은 편해졌으나 이런저런 건물이 들어서며 정감 어린 모습을 잃어버려 아쉬운 마음이 들었다.

매동부터 중황을 거쳐 등구재를 넘어 창원, 금계까지 오는 길은 지리산을 바라보며 걸을 수 있는 길이다. 이 길을 비 온 뒤에 걸으면 구름과 노니는 지리산을 볼 수도 있다. 이 길은 지리산을 바라볼 수 있어 사는 사람도 행복하고 걷는 사람도 행복한 길이다. 사람만이 아니라 풀과 나무도 행복한 길이다. (2011. 06)

먹고 자고 걷고 마시고

여성 쉼 프로그램
'나는 쉬고 싶다'

"좋겠다, 정말 쉬고 싶다, 여자들만 쉬냐? 남자들도 쉬고 싶다, 거기까지 가려 하니 그게 너무 복잡하다."

'나는 쉬고 싶다'란 조금은 도전적인 제목으로 지리산에서 '여성 쉼 프로그램'을 한다하자 말들이 많았다. 결국 일상에서 나온 10명의 여성들이 모였다.

2박 3일의 일정. 마음은 있으나 시간을 낼 수 없었던 많은 여성들의 부러움 속에 용감하고 간절한 여성들이 천은사에 모였다. 여성들이 그곳으로 떠나면, 남성들과 아이들도 쉴 수 있으리란 생각. 그리고 아내와 엄마가 한 달에 한 번은 푹 쉬기를 바라는 가족들의 협력으로 여성들은 길을 나설 수 있었다.

맑고 투명한 날이었다. 비소식이 있었으나 비는 내리지 않았다. 낮엔 햇살이 따스하고, 밤엔 별이 초롱초롱 했다. 낮엔 언뜻 스치는 바람 냄새가 좋았고, 밤에 계곡과 공간을 오가는 바람소리가 마음을 편하게 했다.

11월 23~25일, 천은사에 모였던 여성들은 12월에도 꼭 만나자고 했다. 여성 쉼 프로그램을 준비한 사무처는 뭐가 부족했을까,

뭔가 더 필요한 게 없는지 말해 달라 했지만 대답은 간단했다. 너무 바빴다고, 먹을 게 많았다고, 잘 쉬었다 간다고, 다시 오고 싶다고.

2박 3일, 여성들은 뭘 하며 쉬었을까?

먹었다!

천은사 공양간 보살님들이 해준 밥을 먹었다. 흰죽에 총각김치만 먹어도 맛있었다. 천은사 곳곳에서 기른 야채와 군더더기 없는 양념 덕에 뒷맛이 개운하니 이를 닦지 않아도 좋았다. 배 한 가득 밥을 먹은 후에도 누룽지와 과일을 먹었다. 하는 일 없어도 잘 먹는 서로를 보며 흐뭇해했다.

남이 해주는 밥을 먹으니 참 좋다 하였다. 여성들에게 부엌은 애증의 공간이다. 부엌에서의 하루, 1년, 평생이 귀찮고 싫은 것만은 아니지만 부담스럽고 던져버리고 싶은 날도 있다, 다 놓고 떠나버리고 싶을 때도 있다. 어느 날 '훌쩍'이 아닌, 계획하고 준비된 떠남, 잠시 쉬고 싶은 여성들은 남이 해준 밥에 감사했다.

잤다!

방장선원과 태고당을 오가며 잤다. 옛날 스님들이 공부하던 곳, 좋은 기운이 넘쳐나서일까, 누우면 잠이 왔다. 저녁에는 마땅히 잤고, 낮엔 간간히 잤다. 공식적인 낮잠시간도 있었지만 그게

고즈넉한 쉼터 천은사

아니어도 맘 편히 잤다.

눕기만 하면 잠이 온다고, 꿈도 안 꾸고 잠을 잔다고 이상해하며 잤다. 자다 눈이 떠지면 밖으로 나가 하늘을 봤다. 오리온 별자리가 겨울로 가고 있음을 알려줬다. 불빛으로부터 자유로운 산속 하늘은 어두우니 더욱 밝았다. 심오한 검은빛이었다. 자다 눈이 떠지면 툇마루에 앉아 햇살을 받았다. 하늘과 나무 빛에 놀라 세상이 어찌 이리 아름다울까 놀라워했다. 사는 거, 별거겠는가! 아름다울 때 감동하고, 기쁠 때 맘껏 웃고, 슬플 때 가슴 아파하면 되는 거 아니겠는가! 우리들처럼.

걸었다!

먹고 자는 틈새에 걸었다. 천은사 절 마당을 걷고, 절 뒤 숲길을 걷고, 지리산둘레길을 걸었다. 어디 있어도 맘 편한 날이었다. 뭘 입고 있어도 신경 쓰이지 않는 시간이었다. 걸으며 이야기를 나누고, 도랑에 사는 연가시에 신기해하고, 서리꽃이 핀 풀을 쓰다듬었다. 눈길 닿는 곳마다 신비스럽고, 살아 있는 모든 생명체가 빛나는 날이었다.

규칙 없이 서성이고, 침묵하며 걷고, 걷다가 뒤를 돌아보기도 했다. 살아온 날들이 그러했듯이, 앞으로도 그리 살 것이다. 가끔은 서성이고, 문득 내가 왜 사나 돌아보게 되고, 무심하고 매정한 세상에 가슴 시릴 것이다. 그럴 때마다 걸을 것이다. 걸으며 만나는 자연에, 그 안에 존재하는 나의 소중함을 깨닫게 될 때 걸음을 멈추고 내 자리로 돌아올 것이다.

만났다!

모르던 사람을 만났다. 전생에 인연이 있었겠지. 우리로 인해 더 많은 일을 하게 된 공양간 보살님들의 편안한 얼굴을 만났다. 나도 다른 이에게 편안함일까? 몸이 건강해야 마음도 건강하다고 알면서도 잠시 미뤘던 일, 뻣뻣한 팔과 다리, 허리를 이리저리 움직이며 나를 존재하게 하는 몸에 온 마음을 집중했다.

평생의 화두를 붙잡고 깨어 있기를 추구한 스님을 만났다. 지금도 스님의 수줍은 노랫소리가 귓가에 아련하다. 아름다운 마무리를 이야기하며 뜻밖의 만남에 눈가가 촉촉해졌다. 내 문제가 아니어도, 공감하고 걱정하고 고개 끄덕이게 하는 일들, 우리네 살아가는 모습이라 생각되었다.

온 가족이 모여 김장을 하는 보기 좋은 이웃도 만났다. 먹어보라고, 우리 아들들, 내 며느리들 예쁘고 착하지 않냐고 행복해하는 어머님을 만났다. 내게 쉴 수 있는 시간을 준 가족들이 생각났다. 고맙고 감사했다.

'나는 쉬고 싶다'에 참여한 여성들의 모습

이 세계 절반인 여성들에게, 매일 부엌과 화장실을 오가며 뭔가를 준비해야 하는 여성들에게, 나보다 가족을 먼저 생각하고 저녁엔 쓰러질 듯 잠에 빠지는 여성들에게 한 달에 한 번, 밥할 일도, 청소할 일도, 아이 챙길 일도 없는 날을 선물해주고 싶은 마음이었다. 따스하고 평화로운 지리산에서, 간소한 밥상, 따뜻한 잠자리, 여유로운 시간 속에 몸도 마음도 내려놓기를 바라는 마음에서였다.

12월 21~23일, 10명의 여성들은 다시 모일 것이다. 12월 '나는 쉬고 싶다'는 인적 드문 화엄사 구층암에서 진행된다. 11월 천은 사에 만났던 여성들의 소박한 미소가 구층암에 다시 피어나길 바란다. 시끄러운 세상에서도 평화롭게 살아가는 지혜, 여성들이 만들어 가리라 기대한다. (2012. 12. 02)

봄이다, 의신옛길을 걷고 싶다

화개장터에서
인월, 함양으로 가는 소금길

의신옛길은 신흥에서 의신으로 가는 포장도로 찻길이 건설되기 전까지 마을주민들이 외부세계와 소통하였던 길이다. 이 길은 차가 없던 옛날, 하동 화개장터에서 내륙인 인월, 함양 등으로 소금과 각종 해산물을 나르던 길인 소금길의 일부 구간이기도 하다.

의신옛길은 신흥에 있는 화개초등학교 왕성분교 옆에서 시작되어 선유동계곡, 단천골, 대성골 등의 물이 모이는 대성계곡을 오른편에 두고 의신마을 베어빌리지까지 이어진다. 이 길은 약간의 오르막이 있으나 천천히 호흡하며 걷기에 딱 좋은 길이다. 약 4.2km쯤 된다. 쉬었으면 하는 곳에 의자바위, 주막 터도 있다.

2012년 하동군과 지리산국립공원사무소는 의신마을의 요청으로 의신옛길을 다듬어 '서산대사길'이라 이름 붙여 개방하였다. 서산대사가 의신마을 뒷산에 있는 원통암에서 출가하였으니, 서산대사도 이 길을 걸어 원통암으로 갔을 것이다. 길을 만들고 개방한 사람들은 '서산대사길'이라 이름 붙이는 것이 이 길을 널리 알리기 좋다고 판단했던 것 같다.

길에는 감감바위, 쇠점재, 의자바위, 사지넘이고개, 주막 터, 개홀치바위, 숯가마 터 등이 있다. 의신마을에서 슈퍼를 하는 김기수 씨는 이 길은 다른 둘레길과 달리 완만하고 물소리, 새소리를 들을 수 있어 사계절 모두 걷기 좋은 길이라 한다. 이 길을 걸어 의신마을에 간다면 의신슈퍼에 들러 김기수 씨로부터 의신옛길에 대해 들어보아도 좋겠다.

나는 작년 이맘때쯤 이 길을 걸었다. 군내버스는 신흥이 종점이었다. 버스에서 내리자 지리산의 여러 계곡 중 가장 밝고 길다는 화개천이 맞아준다. 왕성분교 앞 '범왕리 푸조나무'는 이제 새 잎이 나려는지 가지 끝이 꿈틀댄다. 이 푸조나무는 다른 나무들이 연둣빛으로 변해가는 걸 경이로운 맘으로 지켜보다, "맞다. 지금이지"라며 잎을 틔웠을 것이다. 느리게 살아온 세월이 벌써 500년이다.

의신옛길 입구에는 '서산대사길'이란 안내판이 서 있다. 의신옛길, 서산대사길, 소금길, 같은 길의 여러 이름들이다. 봄날에는 이 길과 나란히 가는 대성계곡의 물빛이 여린 풀빛과 깊은 바다 빛을 동시에 떤다. 제비꽃, 큰개별꽃, 현호색, 자주괴불주머니, 금낭화, 구슬붕이, 철쭉, 산벚꽃 등 숲은 낮은 곳과 높은 곳을 가리지 않고 꽃밭을 만들어놓았다.

길은 계곡에 가까워졌다, 멀어졌다 하며 계곡을 바라보게 한다. 겨울 흔적이 가득한 계곡물에 손과 얼굴을 씻어보는 건 어떨까? 물에서 형제봉, 벽소령, 세석의 향기가 날 것이다. 길에는 우산나물, 삿갓나물, 다래 등의 어린 순들이 땅의 기운을 모아 한껏

의신옛길 입구에는 '서산대사길' 안내판이 서 있다.
의신옛길, 소금길로도 불린다.

범왕리 푸조나무는 다른 나무들이 연둣빛으로
바뀌고 난 뒤 느긋하게 잎을 틔운다.

꽃밭을 만들어놓은 숲에
영롱한 구슬붕이

기지개를 편다. 풀과 나무들이 쉬지 않고 살아내는 덕에 숲은 점점이 흰빛과 아련한 초록빛을 띤다. 봄날의 수채화를 가장 잘 볼 수 있는 곳, 바로 이곳이다.

이 길은 수치적 거리는 짧으나 발걸음을 잡는 여러 소리와 빛깔이 있으니 시간이 넉넉할 때 걸었으면 한다. 걷다 멈춰 물빛도 보고, 건너편 숲도 바라보고, 하늘도 올려다보고, 그러다보면 내 안의 소리도 들리리라.

봄이다. 진달래와 생강나무 꽃을 보는 순간 의신옛길을 걸어야 겠다는 생각이 든다. 가까운 봄날, 의신옛길을 걸을 때에 작년과는 다른 소리, 다른 빛깔이 나를 맞이할 수도 있다. 그것도 기대된다. (2016. 03. 22)

섬진강 걷기,
사막별 여행자가 되었던 날

'섬진강, 두 발로 건너자'

지리산자락으로 내려온 지 3년이 되어간다. 지리산만 바라보고 내려온 첫해, 섬진강은 매 순간 감동스러웠다. 섬진강을 걸으며 햇살과 바람, 풀빛 등 섬진강이 펼치는 색의 향연에 넋을 잃었고, 사람은 너무 좋아서도 미칠 수 있음을 확인한 시간이었다.

섬진강을 새롭게 느끼던 둘째 해, 섬진강을 가슴에 품고 '지리산만인보'란 이름으로 지리산자락을 걸었다. 지리산자락을 걸으며 유장한 지리산 능선이 보일 때면 가슴 뛰었고, 골골마다 나름의 삶을 살아내는 사람들을 만나며 저들처럼 화날 때 소리 지르고, 기쁠 때 퍼질러 앉아 웃으며 살아야겠다고 생각했다.

올해는 지리산자락에서 봄과 여름을 맞이한 세 번째 해이다. 올해는 어떤가? 올해는 특별하다. 지리산을 바라보면 가슴이 터질 것 같고, 섬진강 가에 서면 모든 걸 내려놓고 싶은 마음이 절절해지는 올해는 특별하다. 특별한 올해, 특별한 느낌으로 섬진강을 만나고 싶었다. 섬진강을 두 발로 건너는 것, 그게 뭐 특별하냐고, 다리로 건너는 섬진강이 뭐 그리 대단하냐는 사람이 있었다. 차가 아닌 발로 건너는 섬진강이라, 그렇게 생각할 수도 있겠다 싶었다.

2011년 6월 19일, 섬진강을 두 발로 건너기 위해 개치마을로 갔다. 우기가 시작되었으니 갑자기 불어난 강물이 내 몸을 집어삼키면 그 순간 얼마나 시원할까란 괴이하고 야릇한 생각을 하며 섬진강으로 갔다.

개치, 미서, 미동, 먹점, 홍룡. 섬진강을 두 발로 건너기 전에 걷는 마을들이다. 개치마을회관 앞 살구나무엔 살구가 먹기 좋은 빛깔로 익어 있었다. 한적한 개치마을과 어울리는 빛깔이었다. 길바닥에 나뒹구는 살구를 보며 마을 분들은 살구에 관심이 없을 거라 생각했다. 서리하는 입장에서는 맘 편하게 생각하는 게 일반적인 일이니까.

개치마을 입구엔 악양루가 있다. 미서마을 뒷산에 있던 악양루를 이곳으로 옮긴 이유는 그곳이 바람골이었기 때문이란다. 악양루는 개치마을 앞길이 4차선으로 확장되며 원래 자리로 옮겨질 계획이다. 불쌍한 악양루, 다음엔 무슨 이유로 어디로 갈까!

미서마을 뒷산은 대나무 숲이다. 대나무 숲 길은 미동마을 어르신들이 학교에 다녔던 길이란다. 오늘 섬진강 걷기를 안내하는 최지한 님은 대나무밭 한 마지기면 자식 농사가 가능했던 시절도 있었다고 했다. 우리나라 대나무 산업은 플라스틱 제품이 나오며 한풀 꺾이고, 한중수교로 값싼 죽공예품이 들어오면서 또 한풀 꺾이더니, 마을 어르신들이 공공근로란 일터에 고용되자

고요한 섬진강 풍경

완전히 뿌리 뽑혔다고 한다. 힘들고 돈 안 되는 죽세공을 하려는 사람이 없으니, 죽세공은 삶과 멀리 있는 예술이 되어간다.

미서마을 뒷산에 올라 악양 들판을 바라봤다. 미동마을로 가는 길에선 개치마을이 보였다. 미동마을을 지나 먹점마을로 가는 길에서 바라보는 섬진강은 너무 고요했다. 6월 중순, 마을길을 걷다 보면 풍요로움이 느껴진다. 매실이 익어가고, 감은 제 꼴을 찾아가고, 흰앵두란 보기 드문 열매를 만날 수도 있다.

여름이 시작되는 6월, 길을 걸을 때는 더위와 햇살에 대비해야 한다. 모자나 양산, 자외선 차단 크림, 안면 마스크, 얼음물, 오미자효소, 수박 등 뭐든 준비해야 한다. 그늘이 나오면 무조건 쉬고, 확 트인 곳에선 반드시 경치 감상을 하며, 새롭게 만난 동무와 이야기를 나누는 것도 여름날 걷는 좋은 방법이다. 먹점마을 정자에서 낮밥을 먹었다. 먹점마을은 3월 초순 매실 꽃이 예쁜 마을이다. 매실 수확 철이라 그런지 사람이 없다. 오늘 먹점마을의 주인은 강아지 3형제다.

뙤약볕 아래 섬진강을 건너려면 기운을 보충해야 한다. 흥룡마을에서 한숨 자고, 남아 있던 새참을 먹고, 물도 마셨다. 사파티스타 민족해방군처럼 손수건으로 얼굴을 가리고 강으로 내려갔다.

햇살에 달궈진 모래밭을 맨발로 걷는 것은 청년이 아니고는 시도하기 힘든 일이다. 모래는 델 것처럼 뜨거웠다. 아지랑이가 피어오르고 헛것이 보이는 것이 사막을 걷는 것 같았다. 사막에 가보지 않았으나 아마도 이런 느낌일 거라 생각되었다. 쓰러지면 몸도 마음도 모두 모래가 될 것 같았다. 마음은 갈래갈래 흐트러지고 있었으나 걷는 일 말고는 달리 할 일이 없으니 걷는 수밖에 없었다.

오아시스처럼 나타난
섬진강

108

더 이상 걷는 건 무리다 싶을 때, 강물이 보였다. 오아시스라 생각되었다. 오아시스에 발을 담갔다. 햇살 받은 강물이 따뜻했다. 진안 데미샘에서 시작하여 임실, 순창, 남원, 화순, 장흥, 보성, 곡성, 구례, 순천, 광양을 거쳐 하동까지 내려온 강물은 아프고 슬픈 사연까지도 따뜻함으로 녹이고 있었다. 마술 같은 일이다. 강물은 진실을 알고 있으나 사실을 말하기보다는 말 없이 품는가 보다.

작은 물길을 지나, 긴 모래밭을 걷자 이번엔 큰 물길이 나왔다. 엉덩이까지 오는 물을 헤치고, 물살에 휘청대는 몸의 중심을 잃지 않으려 안간힘을 쓰며 섬진강을 걸었다. 두 발로 섬진강을 건너 하동에서 광양으로 갔다.

섬진강을 두 발로 건너는 건, 섬진강을 잘 알고 물때를 맞추지 않는다면 할 수 없는 일이다. 그러니 섬진강을 두 발로 건넌 오늘은 특별한 날이었다. 오늘은, 잠시 사하라의 유목민인 투아레그족이 되어 오아시스를 만나길 희망한 하루였다.

다리로 건너는 섬진강, 배로 건너는 섬진강, 그리고 두 발로 건너는 섬진강. 같은 섬진강이지만 다르게 느껴지듯이 매일이 같은 날이지만 그 매일매일을 좀 더 특별하게 만드는 건, 우리 자신이다. 섬진강을 두 발로 건넌 날, 해는 달처럼 투명한 빛깔로 하루를 마감하고 있었다. (2011. 07. 12)

거꾸로 강을 거슬러 오르는
저 힘찬 황어들처럼

'지리산 바라보며
섬진강 따라가기' 답사길

그들이 생각났다. 섬진강에서 백운산을 바라보며 간문천을 따라 걸으며 연어 생각이 났다. 강을 거슬러 오르는 연어, 내면화된 삶의 방식을 따라 물살을 거꾸로 오르는 연어가 보고 싶었다.

연어보다 유명하진 않지만 봄마다 남해바다를 떠나 섬진강으로 올라오는 황어. 황어의 잿빛 몸부림과 붉은 알이 눈앞에 삼삼했다. 치열하게 거슬러 올라와 모든 걸 토해내고 자연으로 돌아가는 불꽃같은 삶에 잠시 섬뜩했다.

10월 2일 '지리산 바라보며 섬진강 따라가기'는 섬진강 어류생태관에서 간전 논곡마을까지 걷는다. 그날은 추석, 추분을 지나고 나서니 한여름 뙤약볕 아래 걷는 것과는 많이 다를 것임을 알면서도 답사는 미리 하는 게 좋겠다 싶어 비지땀을 흘리며 걸었다. 땀은 콧등에서 시작하여 등, 머리, 가슴을 가리지 않고 흘렀다. 맺히고 흐르는 땀의 느낌이 나쁘지 않아서일까, 발걸음은 걸을수록 가벼워졌다.

간문천 옆으론 걷기 좋은 둑길이 펼쳐져 있다. 바닥에 잔돌이 깔려 있어 풀이 없는 아쉬움은 있었으나 걷기엔 좋았다. 곳곳에 보가 보였다. 물고기들의 흐름을 방해하는 인간만을 위한, 인간 전체가 아니라 누구인지 정확하지 않은 몇몇 인간만을 위한 보가 자주 보였다.

간문천변에 자리한 마을들은 모두 편안해 보였다. 마을들은 자연 안에 자리한 사람을 위한 공간이지만 자연과 하나 되어 거슬리지 않았다. 두릅나무와 자귀나무, 박주가리에 꽃이 폈다. 10월 2일엔 볼 수 없는 꽃들이다. 길을 걷다가 고라니를 봤다. 고개를 돌리니 왜가리 가족도 보였다. 잠시 후 백로도 날았다. 사위질빵엔 네발나비가 앉아 있었다. 고라니, 왜가리, 백로, 네발나비는 모두 이곳을 터전으로 살아가는 동물들이다. 욕심내지 않는다면, 10월 2일 걸음에서도 만날 수 있을 것이다.

매미 허물이 보였다. 여름 내내 내리는 비로 잊었는데, 매미는 비와 바람을 피해 제 할 일을 다 한 셈이다. 쏟아지는 비를 맞고, 가끔 하늘을 올려다보며, 무심하게!

대평, 해평, 수평, 중평. 산골짜기에는 평평한 땅이 귀했으니 사람들은 마을 이름, 다리 이름에 '평'자를 붙여 고마움을 전했다. 토끼봉, 거북바위, 개미허리노린재, 팔손이(나무), 처녀치마(풀) 등 생긴 모양과 느낌, 쓰임새 등으로 이름 붙이는 일은 사람이 자연과 소통하던 오래된 전통이다.

아메리카인디언들은 사람 이름, 달 이름도 자연의 느낌으로 붙였다. 아메리카인디언들에게 10월은 시냇물이 얼어붙는 달, 추워서 견딜 수 없는 달, 양식을 갈무리하는 달, 큰 바람의 달, 잎이 떨어지는 달이다.

마을 옆 둑길에 참깨 꽃이 피었다. 늙은 호박이 여기저기 흩어져 있었다. 참깨 꽃은 참기름만큼 고소하고 향기로웠고, 늙은 호박은 호박죽만큼 넉넉하고 포근했다. 해당화 꽃과 열매도 보였다. 바닷가에 자라는 나무니 누군가 일부러 심은 것이다. 때 이른 코스모스가 가을이면 이 길이 코스모스 길이 될 것임을 짐작케 했다.

물가, 길가에는 마디풀과에 속하는 여뀌들이 산다. 여뀌, 이삭여뀌, 기생여뀌, 가시여뀌, 털여뀌, 흰여뀌, 바보여뀌, 봄여뀌, 장대여뀌, 개여뀌 등이 그들이다. 그 많은 여뀌 중 간문천변에 핀 여뀌는 흰여뀌로 생각되었다. 꽃이 흰색이니까.

지나는 길에 푸조나무가 많은 삼산리에 들렀다. 삼산리에는 푸조나무를 담으로 쓰는 집도 있다. 푸조나무는 팽나무와 사촌이다. 팽나무 열매는 달콤하여 먹을 수 있고, 푸조나무 열매는 씁쓸하여 안 먹는다고 한다. 팽나무는 해풍에 강하여 바닷가에 심는데, 그래서 포구나무라고도 부른다. 삼산리 푸조나무 숲은 섬진강물이 이곳까지 들어왔을 때 강물 빛을 막고 바람으로부터 마을을 보호하려 만든 숲이 아닌가 한다. 그때는 푸조나무에 돛단배를 매고, 푸조나무 숲 아래 강변에서 아이들이 뛰놀았을 것이다. 해질 무렵이면 푸조나무 숲에 나와 보랏빛 하늘을 바라보며 저 너머의 세상을 궁금해했을 것이다.

계족산 등산로 입구부터는 간문천으로 내려가 걸었다. 10월 2일에도 이렇게 걸을 예정이다. 10월 2일엔 더 맑은 물빛을 볼 수 있기를, 10월 2일엔 쓸데없는 공사는 하지 않기를 바란다. 적당한 곳에서 다시 간문천을 건너 논곡마을까지 걸었다. 논곡마을이 10월 2일 걸을 마지막 장소이다. 논곡마을 입구에 있는 밤산에서 맘껏 밤을 따며 '지리산 바라보며 섬진강 따라가기' 10월 일정을 마무리한다.

이 길은 백운산을 바라보며 걷는 길이다. 연어와 황어를 볼 수는 없어도, 거슬러 오를 만큼 많은 물은 없어도 힘차게 살지 않는다면 버티기 힘든 세상이니, 거슬러 오르는 힘겨움이 있어도 그렇게 살기를 희망하는 길이다. (2011. 08. 22)

푸조나무
©정결

3장

뭇 생명의 삶터,
국립공원

태극종주 길에서 만난
지리산의 봄빛!

　나는 구례사람이다. 구례에 온 지 8년밖에 안 된 사람이 감히 구례사람이라 말하다니. 뒤통수가 당긴다. 지역에서는 이사 온 지 30년이 되어도, 결정적 순간에 '넌 외지인이잖아'란 말을 듣는다고 한다.

　그럴 수도 있겠지만, 나는 구례에 살고 있고, 구례에 있는 직장에 다니고 있고, 구례장에 나가 필요물품을 사고, 이왕이면 구례에서 생산된 농산물을 찾는다. 그러니 슬쩍 구례사람의 명단에 이름을 올려도 되지 않을까 싶은데, 나만의 착각일까!

　그건 그렇고, 내가 구례로 온 건 지리산 때문이었을까? 남편 말로는 내가 어느 해인가 30번쯤 지리산에 내려갔다고 한다. 그러니 지리산은 구례행을 굳히는 데 결정적 작용을 했을 것임에 틀림없다.

　지리산! 반야봉, 노고단, 천왕봉에 오르지 않아도 구례 냉천삼거리만 들어서도 따스함이 느껴진다. 함양 추성리를 걸어 두지터에 들어설 때면 세상과 잠시 작별해야 할 것 같다. 산청 중산리에서 법계사로 오르는 길, 바위에서 바라본 천왕봉은 감동적이었다.

서울사람이었을 때 지리산 지도를 보고, 또 보고, 달력을 보고, 수첩을 보고했다. 지리산으로 향하는 마음은 간절하였으나 지리산은 쉽게 올 수 없는 곳이었다. 당연히 구례로 내려오면 때를 놓치지 않고, 매일은 아니어도 한 달에 한두 번은 지리산에 갈 거라 생각되었다.

아! 그런데 구례로 들어온 첫 일 년, 지리산보다 섬진강에 빠져버렸다. 섬진강 가를 걸으며 '바라보는' 지리산도 아름답다고 생각했다. 지리산둘레길을 걸으며 저기 지리산이 있으니 오른 것이나 다름없다고 위안했다. 지리산 케이블카에 반대하며 매주 노고단에 오를 때도 이 정도면 충분하다고 스스로를 다독였다. 지리산 능선부가 사람들의 발길에 점점 훼손되어간다니 나라도 가지 말아야 하지 않을까 생각되었다. 그렇게 2008년, 2009년 … 2014년, 2015년이 지나갔다.

작년 말 하동 사는 후배를 만났다. 하동군이 쌍계사에서 내원마을을 지나 불일폭포까지 등산로를 내려 하는데 아느냐고 물었다. 들어본 것 같다고 했다. 만복대 표지석이 바뀌었던데 봤냐고 물었다. 가본 지 오래됐다고 했다. 벽소령대피소 화장실이 수세식 같던데 확인했냐고 물었다. 수세식은 아니라고 공원사무소에서 확인했던 내용을 전하며 직접 가보진 못했다고 했다. 묘향대 지붕색이 꼴불견이라고 한번 가보라고 했다. "그래야겠네."

사무실을 나와 집으로 오는 내내 머리가 띵했다. 가슴이 휑했

'지리산 태극종주 1탄'이란 거창한 이름의 산행은 지리산의
봄빛과 마주하는 시간으로 계획되었다.(위)
남들은 이렇게 다니는가 보다. 이 길 중 중봉부터 하봉,
쑥밭재, 왕등재습지까지는 국립공원출입금지지역이다.(아래)
ⓒ오정행

다. 지리산국립공원을 사랑하니, 상근활동가로 살지 않아도 지리산 지키는 일은 내 일이고, 우리 모두의 일이라고 말했었는데, 정작 나는 그 안에서 무슨 일이 일어나는지 전혀 모르고 있었다.

올해는 지리산에 자주 들어가야겠다고 마음먹었다. 여러 일로, 다양한 사람들과, 이곳저곳을 다니며 지리산을 다시 그려봐야겠다고 생각했다. 지리산자락의 마을을 다니고, 마을주민을 만나고, 옛길을 찾아보고, 옛길의 기억을 기록하고, 사계절 변화하는 지리산 능선에 서서, 지리산과 마주하기로 했다.

나는 지리산의 봄빛이 사라지기 전,
다시 한번 지리산에 들어가기로 했다. ©오정행

'지리산 태극종주 1탄'이란 거창한 이름의 산행은 지리산의 봄빛과 마주하는 시간으로 계획되었다. 남들이 말하는 태극종주는 한 번에 하기도 어렵고, 출입금지구역이 있으니 그대로 해서도 안 되는 길이었다. 가능한 범위에서 산행계획을 세웠다. '삼정에서 벽소령을 올라, 연하천, 화개재, 삼도봉, 임걸령, 노고단, 성삼재, 작은고리봉, 만복대, 정령치, 세걸산, 바래봉을 거쳐 운봉까지'.

　'지리산 태극종주 1탄'에 9명이 함께했다. 선두, 후미, 사진, 소리, 기록, 웃음, 최선, 밥, 새참 등 각자는 역할과 의미를 가지고 출발했다. 9명은 쉬어야 할 곳에서 쉬고, 먹어야 할 시간에 먹고, 자야 할 때가 되면 잤다. 노래 부르며 소통하고, 웃음과 미소로 생각을 나눴다. 잠시 갈등하고 내내 감사했다.

　계획했던 걸음은 체력 안배와 속도 조절, 비로 인하여 완성하지 못했지만 충분히 만족스런 산행이었다. '지리산 태극종주 1탄'을 시작하였으니, 2탄 걸음 '벽소령-세석-장터목-치밭목-새재'와 번개걸음 '정령치-고리봉-세걸산-팔랑치-바래봉'도 진행될 것이다. 우리는 2탄 걸음과 번개걸음에서도 노래 부르고, 웃고, 갈등하고, 감사할 것이라 생각된다. 나는 지리산의 봄빛이 사라지기 전, 다시 한 번 지리산에 들어가기로 했다. (2016. 05. 16)

봄을 재발견한 곳,
지리산 능선에서

　지나고 나면 세상의 모든 일은 아련한 그리움으로 남는다. 봄은 그리움을 이야기하기 가장 좋은 계절이다. '겨울이 지나갔네, 봄이 왔구나!'라고 느끼는 순간, 그 순간 여름이다. 그래서 봄은 항상 아쉽다. 3월 초 지리산자락엔 산수유꽃과 매화꽃이 피기 시작했다. 길고 추웠던 겨울이었던 만큼 칙칙한 회색빛깔 산자락에 피어난 노랗고 흰빛은 경이롭게 신선했다. 산수유꽃과 매화꽃이 벚꽃, 진달래꽃, 개복숭아꽃에게 봄의 자리를 물려줄 즈음 묵은 논엔 자운영이 피어난다.

　5월은 지리산자락에 여름이 시작되는 달이다. 봄은 끝났다고 여겨지던 5월 중순, 지리산케이블카 반대를 위한 걸음이 있던 날, 지리산국립공원 능선을 걸으며 '이제 봄이구나!' 싶었다.

　5월 13일 이른 6시 30분 노고단대피소 앞에서 '케이블카 없는 지리산 기획단'(이하 기획단) 출정식을 했다. 홍현두 단장(원불교 구례동원교당 교무)은 "2박 3일 동안 지리산케이블카의 문제점을 알리며 기운차게 걷자"고 하였다. 최화연 사무처장(지리산생명연대)은 "지리산자락에 사는 사람만이 아니라 멀리서 온 분들과 함

게 하니 든든하다"고 했다. 김광철 운영위원(지리산사람들, 구례산
동수평교회 목사)은 "지리산에 4개의 케이블카가 추진되는 상황
이 안타깝다"며, "지리산권이 평화롭게 공존할 대안이 마련되어
야 한다"고 했다. 일행은 지리산에 깃들어 사는 생명들의 평안을
기원하는 묵상과 몸 풀기 체조 후 길을 나섰다.

구례군은 산동온천에서 노고단까지 4.5킬로미터나 되는 케이
블카를 놓겠다고 환경부에 공원계획변경신청서를 제출했다. 노
고단은 나라에 큰일이 있을 때 제를 지내던 곳이다. 제를 지내던
자리에 철탑을 박고 5층 높이 정류장을 세우겠다는 것이다. 지리
산신이 노할 일이다.

5월 13일 노고단은 분홍빛으로 물들어가고 있었다. 철쭉이지
싶었는데, 진달래였다. 해발 1507미터 노고단에 봄이 오고 있었
다. 노고단고개를 지나 돼지령으로 갔다. 가는 길에 조릿대와 참
나무는 진정한 친구가 된 듯하다. 참나무는 북풍한설에 뿌리를
보호해준 조릿대에 대해 잎을 피우지 않는 것으로 고마움의 답
을 하고 있는 듯했다. 참나무는 더 많은 햇살을 조릿대에게 주고
싶을 것이다. 친구니까.

돼지령을 지나니 진달래꽃이 많아지고 겹겹이 산 능선이 보였
다. 지리산 능선을 걷다 보면 유장하다는 게 어떤 건지 실감하게
된다. 봉우리와 계곡 이름을 몰라도 끝없이 펼쳐진 능선에 탄성
이 절로 나온다.

노루목 삼거리가 나왔다. 1732미터 반야봉으로 오르는 길이

다. 남원시는 반선에서 반야봉까지 장장 6.7킬로미터에 걸쳐 케이블카를 놓겠다고 환경부에 공원계획변경신청서를 제출했다. 반야봉은 전라남도와 전라북도에 걸쳐 있는 봉우리로 천왕봉이 지리산 최고봉이라면 반야봉은 지리산의 중심이라고 한다. 노고단, 벽소령, 세석, 장터목, 천왕봉 등 지리산 어디에서나 모습을 보여주는 봉우리가 반야봉이다. 지금은 노고단이고, 반야봉이고 높은 곳은 어디나 케이블카가 올라가는 시대다. 어머니 산이라고, 민족의 영산이라고 하는 말은 그냥 하는 얘기인가 보다. 어이없는 세상이다.

지리산국립공원은 3개 도, 5개 시군, 15개 읍면에 걸쳐 있다. 삼도봉에는 지리산국립공원이 3개 도에 걸쳐 있음을 자랑하는 표시가 있다. 지리산국립공원이 3개 도에 걸쳐 있으니 케이블카도 3개는 있어야 한다는 사람도 있다. 욕망과 욕심의 끝을 보여주는 말들이다.

1년이면 300만 명 넘는 사람들이 지리산국립공원 능선을 걷는다는 국립공원관리공단의 공식 통계. 지리산둘레길을 찾는 사람들로 지리산자락 경제가 되살아나고 있다는 주민들의 이야기. 지리산자락에서 나는 것은 뭐든지 신뢰가 간다는 도시민의 이야기. 이는 지리산권이 지속가능하게 행복하기 위해선 멀리서 온 사람들이 걷고, 머물고, 먹으며 지리산을 느껴야 함을 말해준다. 그런데 과연 케이블카가 지리산을 걷고, 지리산에 머물고, 지리산에서 나는 걸 마음껏 먹을 수 있게 하는 데 도움이 될까?

화개재를 지나 토끼봉, 명선봉을 올라 연하천대피소까지 가는 길은 꽃밭이었다. 현호색꽃과 얼레지꽃이 쫙 깔려 있었다. 지리산 능선에서 만나는 현호색과 얼레지, 노랑제비꽃 무리들에 감사하는 마음이 절로 생겼다. 꽃들에게 내리는 햇살과 바람에 집중하며 걸었다. 따스하고 시원했다. 케이블카도 댐도 잊게 하는 순간이었다.

연하천대피소에서 낮밥을 먹고 서명을 받았다. "지리산에 케이블카를요?" 놀라는 분들도 있고, "서명은 이미 했는데, 지금 상황은 어떠냐"고 묻는 분들도 있다. 지리산 능선에서 만난 사람들의 99.99%는 지리산 케이블카, 국립공원 케이블카에 반대한다.

황사가 걷히며 파란 하늘이 드러나자 봄빛은 더 진해졌다. 회색에서 연두로, 연두에서 연초록으로, 연초록에서 초록으로, 초록에서 짙은 초록으로, 나무에 따라, 방향에 따라, 햇살에 따라 봄날 지리산은 초록이 낼 수 있는 다양한 빛깔로 반짝였다. 멈춰서 볼 수밖에 없다. 넋 놓고 보는 수밖에 없다.

해가 내려가고 노을이 지고 바람이 차가워졌다. 반야봉에도 어둠이 내렸다.

다음 날인 5월 14일. 기획단은 어머니품, 지리산 안에서 하루를 시작했다. 시작 묵상을 한 뒤 세석으로 향했다. 예상했던 대로 어제보다 오늘, 지리산은 더 봄빛이었다. 현호색꽃은 더 환하게, 얼레지꽃은 더 수줍게 웃었다. 멀리 장터목대피소와 제석봉, 지리산 최고봉 1915미터의 천왕봉이 보였다. 제석봉은 천왕봉에서 직선거리로 500미터쯤 되는 곳이다. 제석봉은 한민족의 시조이자 고조선의 건국자로 전해지는 단군에게 제를 지내던 곳이다.

산청군은 중산리에서 제석봉까지 5킬로미터가 넘는 케이블카를 놓겠다고 환경부에 공원계획변경신청서를 제출했다. 구례, 남원, 산청이 케이블카를 놓겠다니 함양군도 질 수 없다며 백무동과 제석봉을 오가는 케이블카를 추진 중이다. 지자체들 간의 행태를 보노라면 지리산자락 5개 시군, 15개 읍면 모두에 케이블카가 들어서는 게 아닐까 헛웃음이 나온다.

구상나무와 철쭉, 진달래가 다툼 없이 살고 있는 세석평전에서 낮밥을 먹은 뒤 지리산 케이블카 반대 홍보활동을 하였다. 반달곰 가면을 쓰고, 오가는 사람들의 시선을 집중시켰다. 세석대피소에 있던 모두가 서명에 참여하였다. 인터뷰하는 분들은 구구절절 옳은 이야기를 했다. "케이블카 타고 씽 올라왔다 휭 내려가는데 지역에 얼마나 도움이 되겠습니까?", "장애인과 노약자를 배려한다고요? 장애인과 노약자 전용 케이블카라면 모를까, 개발을 위해 끌어다 붙이는 소리입니다.", "아무리 기술이 좋아졌다 해도 나무 자르고 시멘트 부어야 정류장을 지을 거 아닙니까? 지리산인데, 케이블카는 절대 안 됩니다."

세석평전을 떠나 한신계곡을 따라 백무동으로 내려왔다. 오늘처럼 어제도, 1년 전에도, 10년 전에도, 100년 전에도 지리산엔 많은 사람들이 다녔을 것이다. 지리산이 있어 수많은 시와 노래,

그림과 몸짓이 만들어졌고, 지리산이 있어 뭇 생명들과 민초들은 삶을 살아낼 수 있었다.

지리산을 걸으며 지리산은 외침과 분노로써 지켜지는 게 아님을 알았다. 각자의 마음 안에 살아 숨 쉬는 지리산을, 지리산으로 향하는 애틋한 마음을 연결하면 된다. 그러면, 지리산은 지켜진다.

백무동이 가까워질수록 초록빛은 진해졌다. 5월 중순, 지리산은 봄과 여름 두 계절을 품고 있다. 5월 14일 기획단은 백무동에서 야영을 했다. 함양경찰서는 대규모 집회를 하나 싶어 다녀갔다고 한다. 지리산국립공원북부사무소도 몹시 긴장하는 눈치였다.

15일 아침, 일어나자마자 백무동 입구에 판넬을 전시하고, 서명용 탁자를 설치했다.

"뭐예요?"

세석과 장터목으로 오르던 사람들이 걸음을 멈췄다.

"지리산에 케이블카를 4개나 추진하고 있어서요, 반대서명 받고 있습니다. 서명용지는 환경부장관에게 전달될 예정입니다."

"네?! 지리산에 케이블카라고요, 여기다 이름 쓰면 되나요?"

긴 말이 필요 없었다. 지리산과 케이블카는 함께하기 힘든 단어였다. 붙들지 않아도, 애원하지 않아도 이름과 주소, 이메일, 전화번호를 적었다.

지리산 케이블카를 반대하는 사람도 있고, 찬성하는 사람도 있다. 당연하다. 가치관도 다르고 상황도 다르니 다양한 의견은 얼마든지 있을 수 있다. 그런데 자연생태를 보전하고, 국립공원을 지키라는 의무를 부여받은 환경부가 국립공원 케이블카 설치에 앞장서는 건, 이건 아닌 것 같다.

케이블카 없는 지리산 기획단은 3월 12일 천왕봉 아래 중산리에서 발족식을 했다. 기획단은 구례, 남원, 산청, 함양 등 지리산 자락에 사는 사람들과 서울, 익산 등 지리산을 사랑하는 사람들이 함께한다. 기획단은 일상적인 케이블카 반대활동과 함께 매월 둘째 주 토요일 지리산권 5개 시군을 돌며 기획 행사를 하고 있다.

3월 12일 지리산국립공원 중산리 소풍, 4월 9일 지리산 봄 문화제에 이어 5월 13~15일 기획단은 지리산 능선을 걸으며 지리산의 위급한 상황을 알리고 서명을 받고 몸자보를 달아주는 활동을 했다. 기획단은 걷고, 웃고, 먹으며 지리산 케이블카 반대활동을 한다.

5월 중순, 기획단은 기대하지 않았던 봄을 선물로 받았다. 지리산 케이블카에 반대하지 않아도 좋다. 지난 봄을 기억하고 싶다면 지금 당장, 지리산 능선을 걸어보길 바란다. 노고단에 올라도 좋고, 연하천에 들러도 좋고, 벽소령에서 세석까지 걸어도 좋다. 한신계곡으로 오르며 여름에서 봄으로 계절을 거꾸로 느껴도 좋다. 어디를 가도 지리산이 있음에 감사하게 될 것이다.

(2011. 05. 26)

노고단이 우리에게
하고 싶은 말은?

섬진강 가에 사는 나. 5분만 걸으면, 섬진강을 만날 수 있으니 대단한 행운이라 여기며 산다. 내가 사는 집은 지리산국립공원 노고단과 왕시루봉을 배경으로 들판에 우뚝 서 있다. 덕분에 나는 아침마다 노고단을 본다. 나만이 아니라, 우리 집 개도, 닭도, 콩과 가지, 고추도 노고단을 보며 자라고 있다. 과학적으로 검증된 바 없지만 더 영험하고 맛날 것으로 생각한다.

이렇게 저렇게, 지금 내 삶에 특별한 의미가 되어 있는 노고단은 우리 민족과 국립공원 역사에서도 특별한 의미를 가진 곳이다. 삼국사기에 의하며 나라에 중요한 일이 있을 때 오악―동쪽 토함산, 남쪽 지리산, 서쪽 계룡산, 북쪽 태백산, 중앙 부악(지금의 팔공산)―에서 제사를 지냈다. 남악이었던 지리산에서 제를 지내던 곳이 노고단이다.

지리산은 민족의 영산이라 한다. 지리산신은 여성이며, 그래서 지리산에 들면 편안하다고들 한다. 지리산의 봉우리 중 노고단은 나이 많은 지혜로운 여성을 상징하는 봉우리이니, 지리산의 지혜롭고 편안한 기운은 노고단에서 시작될지도 모른다. 그래서

일까, 흐릿하고 엉켜 있는 세상사를 끌어안고 노고단에 오르면 답이 나올 때가 있다. 그렇게 생각될 때가 많다.

예로부터 하늘에 예를 다할 때 찾던 노고단은 일제, 한국전쟁 등을 거치며 여러 아픔을 겪었다. 노고단의 아픔은 노고단 훼손의 역사이기도 하다. 노고단 훼손의 시작은 1920년대 노고단에 지어진 외국인 선교사들의 피서용 별장 52동에서 시작한다.

한여름에도 서늘하고 맑은 물이 샘솟으니, 오르는 힘겨움을 제외하면 노고단은 최고의 피서지이다. 선교사 별장을 짓고, 그들의 안전하고 편안한 피서를 위해 구례농민들은 선교사들을 가마에 태워 1500미터 고지를 오르락내리락했다고 한다. 생각하면 가슴 싸한 일이지만, 그랬다고 한다.

노고단에 있던 선교사 별장은 한국전쟁 전후 반란군들의 근거지로 이용된다 하여 토벌대에 의해 불태워졌다. 건물만이 아니라 노고단에 자라던 큰 나무들도 모두 불에 타버렸다. 이때, 노고단에 자라던 구상나무와 수백 년간 노고단을 지키던 참나무들도 함께 사라져버렸을 것이다.

한 차례 훼손의 광풍이 휩쓸고 간 노고단에 군사시설과 통신시설이 들어선 것은 1970년대이다. 길이 생기고, 차량이 다니고, 사람 발길이 잦아지며, 노고단은 풀도 나무도 자라지 못하는 곳으로 변하기 시작했다. 노고단 훼손의 결정타는 1988년에 건설된 성삼재 도로이다. 성삼재까지 일반 차량이 올라올 수 있게 되면서 지리산을 찾는 사람이 급증하였고 노고단은 완전 초토화되었다.

더 이상 두고 볼 수 없는 상황이 되자 환경부와 국립공원관리공단(이하 공단)은 노고단 정상부를 출입 통제하기 위해 1991년부터 1993년까지 자연휴식년제 대상지로 지정하였다. 그러나 아무 소용이 없었다. 연중 기온이 낮고, 비와 바람이 많아 아고산대라 불리는 노고단 일대는 자연의 힘으로도 치유되기 힘든 최악의 상황이었다.

공단은 1994년부터 식생복원전문가의 자문과 계획에 의한 생태복원을 시작했고, 2001년 복원되고 있는 노고단을 국민에게 공개하였다. 10년 만에 모습을 드러난 노고단은 초록으로 덮여가고 있었다. 아무것도 살지 않던 노고단에 원추리와 둥근이질풀이 피어났고 새들이 울기 시작했다. 노고단이 맨땅이던 때를 기억하던 사람들은 노고단의 초록 물결에 가슴 뻐근했다.

노고단은 지금도 복원 중이다. 하지만 노고단이 사람의 발길이 닿기 전의 평화롭고 울창하던 숲으로 돌아갈 수 있을지는 미지수이다. 그리 되긴 힘들다는 견해가 지배적이다. 그렇다 하여도 우리는 노고단에 희고, 노랗고, 붉은 꽃이 피고 진다는 것만으로도 감사하다. 성삼재에서 노고단대피소와 노고단고개를 지나 노고단까지 걸으며 이렇게 많은 꽃을 만날 수 있음에 감사하고, 다시 그 꽃들을 피워낸 자연이 경이롭다.

여름 꽃이 만발한 8월, 노고단으로 가는 길은 하늘 위의 꽃밭을 걷는 꿈같은 길이었다. 그 길에서 만난 꽃들은 인간의 오만과 욕심을 용서한 자연의 선물이기에 더없이 소중하게 느껴졌다. 풀과 나무는 꽃을 피워 자신을 마음껏 자랑한다. 사람들은 그 꽃들을 생긴 모양, 특징, 전설, 느낌 등 다양한 방식으로 기억한다. '이름 아는 게 무슨 소용이야, 좋아하면 그만이지.'라고 할 수도 있으나 풀과 나무와 가까워지는 방법의 하나는 이름을 기억하는 것이다.

여름날, 노고단에는 생긴 모양을 보고 이름 지었을 것으로 생각되는 꽃들의 잔치다. 범꼬리, 꿩의다리, 지리터리풀, 짚신나물, 물레나물, 큰까치수영, 꼬리풀, 곰취, 하늘말나리 등등.

노고단에 핀 꽃에는 가슴 아픈 전설을 간직하여 바라보는 것만으로도 마음 저린 동자꽃, 꽃며느리밥풀, 개망초 등도 있다. 여름날 노고단에서는 사람의 오감을 동원하여 이름 붙여진 노루오줌, 산오이풀, 흰쑴바귀, 둥근이질풀 등을 볼 수 있다.

여름날 노고단에서는 생김새, 전설, 특징, 쓰임새 등을 정확히 알지 못하나 그 나름의 이유가 있어 노고단에 살고 있는 식물들 세상이다. 구름패랭이꽃, 별꽃, 젓가락나물, 자주조희풀(나무), 기린초, 갈퀴나물, 참싸리(나무), 미역줄나무, 물봉선, 달맞이꽃, 참당귀, 개시호, 참나물, 큰개현삼, 송이풀, 질경이, 모시대, 구절초, 참취, 민들레, 여로, 일월비비추 등등.

그리고 여름날 노고단으로 가는 길에서는 단아하고 청초하여 한 번 더 눈길이 가는 산수국(나무)과 노고단의 상징인 원추리를 마음껏 볼 수 있다. 사람도 그렇듯이 풀과 나무도 독야청청 혼자 있을 때보다는 다른 생명들과 더불어 있을 때 편안해 보인다. 그

노고단 오르는 길

리고 풀과 나무, 곤충을 바라보는 아이들의 눈길은 의식하지 않아도 사뭇 진지하고 더없이 따스하다. 사람은 자연 안에 있을 때 더 사람답다는 말에 동감하는 순간이다.

노고단에 서면 가까이 구례읍내와 섬진강, 반야봉이 보이고, 멀리 천왕봉과 무등산도 보인다.

반야봉으로 떠오르는 해에 감동하고, 노고단에서 끊이지 않고 이어진 길의 끝에 있는 천왕봉까지 걸어갈 수 있다는 것도 신기하고, 바다로 향하는 지리산 물이 모이는 섬진강도 그리워하게 된다.

어떤 사람들은 지리산이 지리산'국립공원'인 것에 의미를 두지 않고 관광지가 되길 원하며, 또 어떤 사람들은 많은 사람들이 빨리 올라가 휘둘러보고 내려올 수 있으니 케이블카가 있어야 한단다.

그러나 노고단의 훼손 역사를 아는 우리는 케이블카가 건설될 경우 또다시 망가질 노고단에 죄스럽다. 송전탑만으로도 노고단의 원모습을 바라볼 수 없어 안타까운 우리는 15미터 5층짜리 건물을 들어서게 하는 케이블카에 찬성할 수 없다. 지리산을 구례 지리산, 산청 지리산, 남원 지리산이라 하지 않고 그냥 '지리산'이라 부르는 이유는 우리나라에 있는 그 어떤 산보다 크고 웅장하기 때문만이 아니다. 이 땅에 사는 모두에게 지리산은 그리움과 애잔함, 고마움의 대상이기 때문이다. 지리산이 없음을 상상할 수 없고, 지리산에게 받은 기운으로 매일이 풍성해지기 때문이다.

역사로 기록되기 전부터 우리 안에 존재했던 지리산은 한 번도 지리산에 오르지 않은 사람에게도, 바다 건너 먼 이국에 살고 있는 사람에게도 늘 아련한 산이다. 존재하는 것만으로도 충분히 고마운 지리산이 지금 모습 그대로 우리 곁에 남아 있길, 그렇게 될 수 있도록 모두의 마음이 모아지길 간절히 바란다.

(2011. 08. 18)

신년 산행,
눈이 내릴 줄 알았다

지리산은 국립공원이다. 지리산은 국립공원이어서 사시사철 사람들의 방문을 허락한다. 친한 어떤 이는 1년에 두 번은 지리산을 올라야만 마음이 안정된다고 한다. '지리산 증후군'으로 추정되는 사람들의 일반적인 증상이다.

나는? 나도 비슷하다. 겨울이면 눈 쌓인 지리산에 묻히고 싶고, 봄날에는 얼레지꽃 흩날리는 지리산에 오르고 싶고, 여름이면 장대비 맞으며 지리산 능선을 걷고 싶고, 가을이면 지리산의 붉은 물빛을 보고 싶다. 그 외에도 지치고 힘들었을 때, 말 못할 고민으로 밤을 지새울 때 지리산은 늘 평화의 인사를 내게 건넸다.

새해가 되었으니 지리산으로 가야겠다는 생각을 했다. 이런 생각을 한 사람들 중에 혼자서 겨울 산을 오를 자신이 없는 사람들이 모였다. 이 사람들은 산행을 계획하는 자리에서 '눈이 오면 좋겠다, 눈이 올 것이다, 많이 올 것이다.'라고 희망과 기대 섞인 이야기를 나눴다.

그런데 정말, 기적처럼 눈이 왔다. 올 겨울 들어 처음으로 눈답게 눈이 내린 이틀 뒤였다. 지리산에 눈이 쌓여 있는 것만으로도 충분히 감동인데, 세상에! 지리산으로 가는 날에도 또 눈이 내렸다. 대박이다.

산행 시작은 화엄사 입구로 정했다. 새해 들어 처음 만나는 지리산은 느리고 힘들어도 걸어서 올라가는 게 좋겠다 싶었기 때문이다. 화엄사 입구에서 시작된 걸음은 화엄계곡을 따라 오르다가 연기암 입구에서 쉬면서 이런저런 이야기를 했는데 그 절반은 눈 이야기였다.

연기암 입구를 출발하여 코재로 향하는 걸음이 조금씩 무거워졌다. 아이젠과 스패츠 때문일까? 눈발은 굵어지고 흰빛의 산과 나무 사이로 가끔씩 파란 하늘이 보였다. 쉴 때마다 먹을거리가 나왔다. 곶감, 대추차, 깨강정, 초코바, 사탕, 먹걸리와 소주, 캬~ 이런 날은 뭘 먹어도 맛나다.

신년 산행. 몸도, 마음도, 숨결까지도 눈빛이 되었다.

코재 오르막을 딛고 노고단으로 향하는 길에 발을 내려놓는 순간 눈보라가 몰아쳤다. 몸이 휘청거리고 얼굴을 때리는 매서운 찬 기운에 정신이 번쩍 들었다. 마스크 쓰고, 몸을 낮게 하고, 배낭끈을 조였다. 하늘도, 땅도, 나무도, 바람도 온통 눈빛이다. 몸도, 마음도, 숨결까지도 눈빛이 되었다.

노고단대피소가 보였다. 저녁밥을 먹고 잠자리에 들었다. 바람 소리가 거세지고 있구나, 내일은 더 추워지려나, 아랫마을 사람들도 잘 있겠지, 이렇게 저렇게 이어지던 생각의 끝자락에서 잠에 빠졌다. 다음 날 아침, 바람은 잦아든 듯했다. 곧 파란 하늘이 나올 것 같았다. 이제 반야봉으로 간다.

신발 끈을 매고, 안전한 걸음을 약속하며 반야봉으로 향했다. 지리산 능선은 발목, 무릎, 어떤 곳은 허벅지까지 눈이 쌓여 있었다. 노루목에서 반야봉으로 오르는 길은 길을 내며 올라야 했다. '눈을 헤치면서 길을 만들어 전진'하는 러셀이라고 하는 일을 지리산국립공원에서 해볼 줄이야. 신기한 경험이었다.

노루목에서 반야봉으로 가는 길은 한 걸음 한 걸음, 앞 사람의 발자국이 찍힌 곳을 디디며 나아갔다. 다리 길이가 짧은 나로서는 중심 잡기가 몹시 어려웠다. 휘청하면 짚을 곳도 없고, 발을 헛디뎌 미끄러지기 일쑤였다. 콧물로 마스크는 흥건해지고, 입에서 나온 김으로 머리카락에는 고드름이 달렸다.

반야봉의 정상이 가까워지면서 시야가 트이기 시작했다. 남부 능선, 노고단이 한눈에 들어왔다. 반야봉은 지리산의 중심답게

반야봉은 지리산의 중심답게 파란 하늘을 이고 늠름하게 서 있었다.

파란 하늘을 이고 늠름하게 서 있었다. 2017년 1월 23일 낮 12시, 1732미터 반야봉은 바람 한 점 없이 고요했다. 반야봉은 지리산에 드는 사람들 모두가 지혜롭게 살아가길 원하는 지리산신이 기운을 모으고 내보내는 곳이다.

반야봉에서 피아골로 내려오는 길은 반야봉의 따뜻한 기운으로 넘쳐났다. 노루목, 임걸령, 피아골삼거리, 피아골대피소, 삼홍소, 표고막터, 그리고 사람 사는 동네 직전까지 날아서 내려온 듯했다. 경사 급한 돌길이 폭신한 눈 덕인지 다른 때보다 덜 힘들었다.

지리산을 내려와 동아식당에서 하산주를 하며 이런저런 이야기를 나눴다. 이야기는 눈을 만난 기쁨과 반야봉에 대한 특별함부터 핫팩 덕분에 따뜻한 낮밥을 먹을 수 있었다는, 대피소 바닥의 냉기 때문에 추웠다는 이야기까지 다양했다.

지리산이 국립공원으로 지정된 지 50년이 되는 해, 그래서 더 특별했던 2017년 지리산 신년 산행은 눈이 있어 더 맑고 투명해진 시간이었다. 모든 것이 조화롭게 펼쳐진 기적 같은 시간이었다. (2017. 01. 30)

똥이 있어 세상은 풍요롭다!

야생동식물 전문가 아카데미에서

나는 매일 아침 똥을 눈다. 당신은? 당신도 매일 아침, 아님 하루 중 어느 시간에, 또는 일정한 때에 똥을 누길 바란다. 똥은 당신이 살아 있음을, 당신도 생태계에서 분해자의 역할을 하고 있다는 표식이니까.

2월 8일부터 '야생동식물 전문가 아카데미'가 진행되고 있다. '국립공원을지키는시민의모임'이 주관하고 국립공원연구원, 국립공원종복원센터, 사단법인 한백생태연구소가 협력하는 프로그램이다.

2월 8일에는 오구균 교수(호남대)로부터 '인간과 자연, 생태학 개론'을 들었다. 그는 국립공원, 백두대간, 훼손지 복원 전문가답게 한반도 이곳저곳을 오가며 우리 국토의 안타까운 훼손실태를 전했다. 희망의 징후를 몇 가지 이야기했지만 그의 결론은 다른 생명체의 삶을 가벼이 여기는 인간의 최후는 비관적이라 했다. 여기저기서 한숨이 나왔다. 우리 세대가 추구한 편안함과 욕망으로 인해 우리 아이들과 다른 생명체는 절망적인 세상을 살아가야 한다니, 죄스러웠다.

2월 22일은 이윤수 님(국립공원종복원센터)이 '포유동물에 대한 이해'를 주제로 강의했다. 한반도에 살고 있는 야생동물, 멸종된 야생동물, 야생동물의 생태적 특징, 야생동물을 알아가는 법 등이 내용이었다. 그의 강의는 언제 들어도 재미있다. 밖으로 나가 야생동물을 만나고 싶게 한다.

야생동물을 만나고 싶은 우리는 강연 사흘 뒤 지리산과 섬진강으로 갔다. 그들을 만날 수 있을지, 멀리서라도 그들을 볼 수 있을지 알 수 없었으나 그들을 알기 위해 우리는 길을 나섰다. 야생동물은 '인간에 의해 길들여지지 않고 자연환경에서 자유로이 이동 가능한 생명체'를 말한다. 오늘 우리가 관찰하고 기록할 야생동물은 포유동물이다. 포유동물은 암컷이 새끼에게 젖을 먹이며, 따뜻한 피가 흐르고, 몸에 털이 나 있으며, 돌출된 큰 귀와 입 안에 치아가 있다는 공통점이 있다. 이제부터 이 글에 나오는 '야생동물'은 대부분 '포유동물'을 말한다.

이윤수 님은 지리산과 섬진강을 걸으며 야생동물을 눈으로 확인하기는 쉽지 않을 것이라 했다. 대신 그들의 흔적을 만날 수 있다고 했다. 그들을 볼 수 없어도, 그들의 흔적만으로도 그곳에 사는 야생동물이 어떤 종인지 알 수 있다는 말이다. 야생동물이 남긴 흔적에는 발자국, 배설물(똥과 오줌), 먹이 흔적, 털 등이 있다.

야생동물이 남긴 흔적을 만나러 반달가슴곰 생태학습장 뒷산을 오르면서 그가 말했다. "같은 산양이라도 크기, 색깔이 다릅니다. 야생동물은 북쪽으로 갈수록 몸집이 크고, 남쪽지역에 살

거나 섬에 사는 동물은 몸집이 작습니다. 또한 어린 산양과 사향노루의 배설물은 비슷합니다."

그러니 짧은 지식으로 숲에서 만난 야생동물이 어떤 종인지 확신하면 안 된다는 말이다. 그런데도 우리가 밖에서 만날 수 있는 야생동물(포유동물)은 10여 종에 지나지 않는다. 관찰한 곳의 생태적 특성을 이해한다면 어떤 종인지 구분하는 게 어렵지 않다는 설명이다.

반달가슴곰 생태학습장 뒷산에서 발견한 첫 흔적은 멧토끼의 흔적이었다. 멧토끼는 배설한 똥을 다시 먹는 '식분성'을 갖고 있는데, 부드럽고 어느 정도 소화 된 녹색의 1차 배설물을 내보낸 뒤 이를 다시 먹어서 소화율을 높임으로써 영양분을 최대한 섭취한다고 한다. 우리나라에서는 멧토끼만의 독특한 먹이 흔적도 있단다. 멧토끼는 풀과 나뭇가지를 크고 날카로운 아랫니로 잘라 먹어 비스듬하게 날카로운 절단면을 만든다고.

두더지의 흔적도 보였다. 두더지의 흔적은 밭에서도 흔히 볼 수 있다. 두더지가 땅 속에서 굴을 파고 지나간 흔적이다. 수평으로 터널처럼 지나가며 만든 흔적이다. 묘 주변에도 땅을 파헤친 모습이 있었다. 이건 멧돼지의 흔적이다. 성묘 후 봉분에 부은 막걸리 성분이 멧돼지를 유혹한 것이란다.

멧돼지는 다람쥐가 숨겨둔 도토리를 먹으려고 숲 이곳저곳을 파헤치기도 한다. 두더지나 멧돼지나 언뜻 숲을 파헤치는 야생동물로, 밭이나 숲에서 소란을 피운 것으로 생각할 수도 있다.

하지만 그들의 파헤침은 숲에 활기를 불어넣는 역할을 한단다.

숲길을 걷던 이윤수 님이 걸음을 멈춘 곳은 소나무 아래였다. 자세히 보니 무엇인가가 나무에 비빈 흔적이 있었다. 멧돼지는 진흙 목욕을 한 뒤 소나무, 잣나무 같은 나무 밑동에 몸을 비비고 송곳니로 껍질을 상처 내어 나무진을 나오게 한다. 이때 이용되는 나무를 '베개목'이라고 한다. 베개목으로 이용한 나무를 자세히 보면 나무껍질 사이에 낀 멧돼지 털을 관찰할 수 있다.

야생동물들은 몸이 원하는 길로 다니고, 마음에 드는 나무를 찾아간다. 밀렵꾼은 야생동물들의 눈높이로 야생동물들이 다니는 길과 그들이 찾아가는 나무에 올무, 창애, 덫을 설치한다. 누군가를, 뭔가를 사로잡으려면 눈높이를 맞춰야 한다. 당신의 눈높이는 어디에 있는가? 그들을 사로잡을 생각은 없으나 그들을 알고 싶은 사람들은 발견하고, 확인하고, 기록하고를 반복하며 그들의 흔적을 찾아가고 있다.

숲을 걸으며 어렵지 않게 만나는 야생동물 흔적이 갉아 먹은 솔방울이다. 소형설치류, 다람쥐가 솔방울에서 씨앗을 빼 먹는 것과 달리 청솔모는 솔방울을 아작 내버렸다. 청솔모는 소나무를 오르내리며 폼 나게 솔방울을 갉아 먹었을 것이다.

같은 설치류라도 하늘다람쥐는 견과류보다는 나무 새순이나 연한 열매를 좋아한단다. 하늘다람쥐는 나무 위에 사는데 앞발과 뒷발 사이에 피부가 이어진 커다란 '비막'이 있어 날아다닌다. 하늘다람쥐는 야행성이고 나무 위에서 활동하기 때문에 나무 밑둥치에 있는 똥으로 서식 여부를 판단해야 한다. 하늘다람쥐 똥은 튼실한 현미처럼 보인다.

숲에 치열한 삶을 보여주는 흔적도 있다. 새의 깃털이 여기저기 흩어져 있고, 가끔은 하늘다람쥐의 꼬리나 뼈가 발견되기도 한다. 어치가 다람쥐가 숨겨둔 도토리를 먹다 삵이나 담비에게 희생당하기도 하고, 숲에서 쉬던 멧비둘기가 올빼미의 공격을 받기도 한다. 흩어져 있는 털에 보푸라기가 있다면 집에 있는 쥐를 끄집어내어 잡아먹은 경우일 것이다.

숲에 있는 먹고 먹힌 흔적들을 보는 일이 유쾌하진 않다. 하지만 그 흔적들에 충분히 공감할 수 있는 것은 통장에 숫자를 늘리기 위해, 집과 땅을 재산이라는 이름으로 축적하기 위해 하는 일과는 차원이 다르기 때문이다. 생존을 위한 최소한의 행위라는 것을 알기에.

2월 25일 '반달가슴곰 생태학습장' 뒷산에서 가장 많이 볼 수 있었던 것은 멧돼지의 흔적이다. 멧돼지는 곳곳에 잠자리를 만들어놓았고, 곶감을 붙여놓은 듯한 멧돼지의 똥은 곳곳에 널려 있었다. 숲에는 멧돼지가 새끼를 낳고 키우기 위해 만들어놓은 둥지도 있었다. 둥지는 철쭉을 씹어 부러뜨린 후 그 안을 부드러운 풀로 채운다고 한다. 철쭉 가지 끝이 안쪽으로 모여 있었다.

낮부터 추워진다고 하더니 지리산자락을 떠나 섬진강 가에 도착했을 때엔 찬바람이 심하게 불었다. 섬진강 곳곳에 수달, 고라니, 너구리, 삵이 싼 똥이 널려 있었다. 섬진강이 살아 있다는 증거다. 2월 25일은 똥 속에 희망이 있음을, 똥을 보는 일이 즐겁고

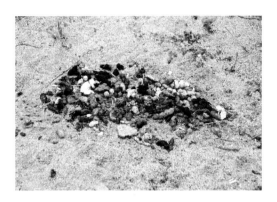

사진 위로부터
섬진강 가의 너구리 똥
좌우 대칭인 너구리 앞발 발자국
새 깃털이 섞여 있는 삵 똥
살짝 일그러진 고라니 똥
ⓒ이태건

행복한 일임을 느낀 날이었다.

족제비, 수달, 담비, 오소리 등 족제비과 야생동물들은 의미 있게 똥을 눈다. '의미' 있다는 말은 다른 생명체들에게 똥을 자랑하듯이 눈다는 말이다. 물고기가 있는 곳이면 어디든 사는 수달은 적당한 크기의 돌에, 돌이 없으면 모래를 긁어모아 그 위에 똥을 눈다. 수달 똥은 비릿한 냄새를 풍겼다. 물고기나 개구리를 먹이로 하기 때문일 것이다.

수달의 이동거리는 5~50킬로미터에 이르며, 1.8제곱킬로미터 면적의 '섬진강 수달서식지 생태경관보전지역'에도 수달 한 가족이 살고 있다고 한다. 그러니 여기저기서 발견되었다는 수달은 같은 개체일 수도 있다는 말이다. 섬진강 모래톱과 강가 진흙에 남겨진 수달 발자국은 발가락 5개에 발톱까지 찍혀 있었다. 모래톱을 걸어간 수달은 긴 꼬리를 끌고 간 흔적도 남겼다.

너구리는 무엇이든 가리지 않고 잘 먹는 잡식성 야생동물이다. 너구리는 똥자리를 따로 두어 그 자리에 수십 차례 똥을 눈다. 똥자리는 너구리들끼리 공유한다. 너구리 똥 중 분필처럼 흰색 똥은 다른 동물의 뼈를 먹은 흔적이다. 너구리 발자국은 발가락 4개와 함께 발톱도 찍힌다. 너구리 발자국은 좌우 대칭이며 앞발은 폭이 넓고, 뒷발은 좀 더 길고 좁다.

삵은 이마와 목으로 이어지는 뚜렷한 검은 세로줄 무늬가 있으며 살쾡이라고도 불린다. 삵은 일반적인 고양이과의 발자국처럼 발가락은 4개이며, 발톱이 찍히지 않는다. 삵은 똥자리를 따로 두지 않으며, 건조하고 눈에 잘 띄는 땅 위에 똥을 눈다. 삵 똥은 동물의 털로 이루어져 있으며, 새의 깃털과 작은 뼈가 섞이기도 한다.

고라니는 물이 있는 땅을 좋아하며 논밭 근처 낮은 산에도 많이 산다. 고라니는 걸을 때 발굽이 두 개 찍혀 하나의 발자국을 이루며, 뛸 때는 며느리발톱이 함께 찍힌다. 고라니 똥은 물기 있는 먹이를 자주 먹는 습성 때문에 일그러진 것이 많다. 콩자반을 어금니로 살짝 물었다가 뱉은 모양이다. 수달이 호기심이 많다면, 고라니는 겁이 많다고 한다. 작은 움직임에도 깜짝 놀라 뛰어가는 고라니, 멀리서 물끄러미 바라보다가 뒤돌아 뛰어가는 고라니는 순박한 농부의 모습이다. 바라보고 있으면 절로 미소를 짓게 한다.

인간에 의해 길들여지지 않은 야생동물을 만나러 지리산, 섬진강에 가는 사람들이 있다. 이 사람들은 야생동물이 살 수 없는 곳에선 인간도 살 수 없다고 생각한다. 이 사람들은 야생동물의 똥과 발자국을 보며 환호하고, 그들이 좀 더 자유롭게 살길 원한다. 그들이 자유로울 때, 인간도 자유로울 수 있음을 알기 때문이다. (2012. 03. 03)

나무에게 말 걸기 1
'구상나무'

지리산국립공원 천왕봉을 출발하여 노고단까지 걷다 보면 사계절 잎을 달고 꿋꿋하게 서 있는 나무를 만날 수 있다. 우리나라 특산종인 구상나무이다. 우리나라에만 살던 구상나무는 1900년대 초 독일로 반출되어 전 세계로 퍼졌고, 지금은 품종이 개량되어 역수입되고 있다. 크리스마스 트리로 가장 흔하게 사용되는 나무가 구상나무이다.

구상나무는 한라산, 지리산, 덕유산, 백두산 등 높은 곳에만 산다. 그 이유가 뭘까? 구상나무는 지구 표면이 얼음으로 덮여 있던 옛적에는 낮은 곳에도 살았었다. 지구가 몹시 춥던 때에 기를 펴고 산 나무가 구상나무이다. 빙하가 북극으로 물러가고 한반도가 따뜻해지자 낮은 곳에 자라던 구상나무는 더위를 이겨내지 못해 한랭한 산꼭대기로 밀려 올라갔다. 구상나무는 추운 곳에서만 살 수 있는 나무이기 때문이다. 그러니 구상나무가 멋지다고 마당이나 길가에 심는 것은 구상나무에게는 참을 수 없는 고문이며, 이렇게 심어진 구상나무는 시름시름 앓다가 죽게 된다.

구상나무는 전나무와 같은 부류의 나무인데, 이들의 열매는 하늘을 쳐다보면서 위로 서는 성질이 있다. 가문비나무 열매가 아래를 보고 처지는 것과는 사뭇 다르다. 지난날 산을 오르는 사람들은 산에서 하루를 묵으며 밥을 지어 먹었는데, 그럴 때마다 구상나무를 꺾어 불을 피웠다. 구상나무 잎에는 기름이 많아 안개와 빗물에 젖은 잎과 가지도 잘 타기 때문이다. 지리산국립공원 제석봉에 서 있는 죽은 나무들도 구상나무이다.

한국 특산종인 구상나무는 무분별한 벌목으로 많은 수가 줄었으며, 지구온난화로 살 곳을 잃어가는 나무이다. 세계자연보전연맹은 구상나무를 절멸위기종으로 지정하여 보호하고 있다. 우리 세대의 과도한 자원 채취와 에너지 사용은 구상나무를 지구상에서 사라지게 할 수도 있다. 구상나무는 지리산 꼭대기에 살면서 아래 세상에 사는 우리들에게 매일매일 경고하고 있다.

"나를 볼 수 없게 되는 날, 너희들도 평화롭지 못할 것이리라!"

(2011. 11. 29)

구상나무 ©김지석

나무에게 말 걸기 2
'밤나무'

햇살 강해지는 6월, 길을 걷다 비릿한 향기에 고개를 들면 어김없이 밤꽃이 보인다. 레게머리를 닮은 밤꽃은 냄새가 특이하여 속을 메스껍게도 하고, 과부와 송곳이 나오는 옛이야기가 생각나 피식 웃게도 한다. 지리산자락에선 밤꽃 내가 사라질 즈음 더위와 장마가 시작된다.

밤꽃이 진 후 더위를 피해 밤놀이를 나가면 밤 산에서 발하는 푸른빛에 깜짝 놀라게 된다. 푸른빛의 정체는 밤나무에 사는 벌레를 유인해 태워버리는 포충등이다. 정부와 지리산권 지자체는 밤 산에 헬기로 뿌리는 농약이 지리산국립공원, 백운산 생태경관보전지역만이 아니라 주변 숲과 농작물에 좋지 못하다는 여론이 있자, 밤 산에 포충등을 설치해줬다. 포충등 설치로 밤 농가는 친환경농산물에 등록하고, 무농약 직불금도 탔지만, 포충등은 해가 갈수록 밤벌레를 잡는 데 별 역할을 못한다고 한다. 밤나무와 밤이 벌레에 약한 것은 사실이나 산을 대규모로 간벌하여 밤 산을 만든 결과 더 많은 벌레가 모이고, 더 강력한 병이 생긴 게 아닌가 싶다.

밤나무는 원래 온대지방에 자라는 나무이다. 따라서 열대지방과 같이 너무 더워도 안 되고, 추위가 심해도 못쓴다. 우리나라로 말하자면 신의주와 함흥을 연결하는 선의 이남이 밤나무 적지이다. 지리산자락은 예로부터 밤 생산지로 유명하다. 허균이 쓴 『도문대작』에는 지리산에는 큰 밤이 나는데, 그 크기가 주먹만 하다고 기록하고 있다. 구례와 남원 경계에 있는 밤재, 산청의 밤 머리재도 밤과 관련한 지명일 것이다.

우리나라에서 언제부터 밤나무가 재배되었는지는 확실치 않다. 하지만 낙랑시대 것으로 추정되는 무덤에서 밤이 발견되어 재배 시기가 2000년 이전으로 거슬러 올라가지 않을까 짐작하게 한다. 밤은 구황식량, 관혼상제에 빼놓을 수 없는 필수품으로 옛날부터 중앙정부 차원에서 보호, 권장하였다.

고려시대에는 밤나무를 뽕나무, 옻나무, 닥나무, 배나무, 대추나무 등과 함께 농경지를 제외한 토지에 심도록 권장하였다. 조선시대에는 옻나무, 뽕나무 등과 함께 밤나무를 벌채한 자도 처벌하였다. 밤 생산 농민들은 국가에 제공하는 부역을 제외시켜 주기도 했다. 일제시대에는 철도건설용 침목으로 많은 밤나무가 벌채되어 밤나무 숫자가 눈에 띄게 줄어들었다. 지금처럼 지리산자락 야산이 밤 산으로 바뀐 것은 1960년대 후반부터 산지자원화 계획에 의해 밤나무를 전국적으로 보급하면서부터이다. 한때 호황을 누리던 밤 산업은 밤벌레, 냉해, 중국산 밤 등으로 힘든 시기를 맞이하고 있다. 시절을 반영하듯 지리산자락엔 밤농사를 포기하고 밤 산을 방치한 농가가 늘어나고 있다. 이러다가 우리 땅에서 나는 밤, 그 밤꽃을 먹은 벌들이 만든 밤꿀 등이 사라지는 게 아닐까 걱정스럽다.

밤은 학술적으로는 열매이며, 씨앗(종자)이 아니라고 한다. 그런데 밤 종자란 말을 흔히 쓴다. 또 밤 종자 놓고 제사지냈다는 말은 하지 않고 밤 과실 놓고 제사지냈다는 표현을 쓴다. 쓰는 곳에 따라 밤은 과일도 되고 씨앗도 된다.

나무 씨앗이나 열매는 싹이 틀 때 껍데기를 머리에 덮어쓰고 땅 위로 올라오는 것이 있는가 하면, 땅 속에다 껍질을 남겨두고 싹이 트는 것도 있다. 밤 껍데기는 뿌리에 10년이나 100년이 지나도 썩지 않고 붙어 있다고 한다. 물론 과장된 말이지만 다른 나무에 비해 더 오래 붙어 있는 것은 사실이다. 이러한 까닭에 밤나무는 근본, 조상을 잊어버리지 않는 나무로 알려지고 있다. 해서 사당이나 묘에 두는 위패는 밤나무로 만든다.

밤나무가 근본을 잊지 않는 나무라면, 밤은 따뜻하고 포근함이 가득한 과실이다. 찐 밤은 운동회 때면 단골로 등장하며, 군밤은 맛과 향이 겨울 새참으로는 최고이다. 두보의 시에 산가증율난(山家蒸栗暖)이란 구절이 있다. '시골집에서 방금 쪄낸 따뜻한 밤'이란 뜻이다. 이 구절은 산속 어떤 집에 귀한 손님이 왔는데, 대접할 것이 없어 찐 밤을 내놓았고, 따끈따끈한 찐 밤을 놓고 손님과 주인이 흐뭇한 미소를 짓고 있는 장면을 연상하게 한다. 올가을엔 찐 밤이든, 군밤이든 밤으로 인한 이런저런 사연에 얽히고 싶다. (2011. 11. 29)

나무에게 말 걸기 3
'고로쇠나무'

고로쇠나무는 단풍나무에 속하여 고로쇠단풍나무라고도 불린다. 고로쇠나무 잎은 흔히 보는 단풍나무와 달리 5~7갈래로 나눠지고 가장자리가 밋밋하다. 그림으로 그리면 별모양과 같다. 시중에 유통되는 술 뚜껑에 그려진 잎사귀 모양과 비슷하다. 단풍나무 종류들은 열매에 날개가 있어 바람이 불면 멀리 날아간다. 이를 연상하여 단풍나무 풍'楓'자가 만들어졌다고도 한다.

고로쇠나무는 우리나라에 자라는 단풍나무 중 가장 굵게, 그리고 가장 높게 자라는 나무이다. 따라서 고로쇠나무는 신록과 단풍의 아름다움만이 아니라 가구재, 기구재, 악기재, 운동용구, 장난감 등 목재로서의 쓰임새도 넓은 편이다. 그러나 우리나라에서 고로쇠나무는 목재보다는 음용수로서 더 많이 알려져 있다. 산촌 주민들은 오래전부터 고로쇠나무 줄기에 상처를 내어 틈을 타고 나오는 수액을 마셨다. 이를 약수(藥水) 또는 풍당(楓糖)이라 불렀다. 고로쇠 수액은 오대호와 세인트로렌스강 지역에 살던 인디언들이 생산한 단풍당밀(메이플 시럽)과 유사하다.

고로쇠 수액은 밤낮 기온차가 심한 초봄에 많이 나온다고 한다. 그 이유는 고로쇠나무 줄기 안의 압력 변화에 기인한다. 밤에 기온이 내려가면 수체(樹體) 안쪽에 수축이 일어나 마이너스 압력이 생기고, 뿌리는 본능적으로 땅속에 있는 수분을 흡수해서 줄기 안으로 보내게 된다. 밤 동안 물을 빨아 줄기 속을 채우고 있던 나무는 낮에 기온이 올라가면 수체 안에 있던 수분과 공기를 밖으로 밀어내는 플러스 압력을 만들게 된다. 이때 고로쇠나무 껍질에 상처를 내면 상처를 통해 수액이 흘러나오게 되는 것이다.

고로쇠나무에 통을 매달거나 비닐봉지를 걸어 수액을 채취하던 주민들은 수액을 먹겠다는 사람들이 많아지자 빠르고 편리하게 수액을 채취하는 방법을 고안해냈다. 2~3월 지리산국립공원을 걷다 보면 계곡 근처 고로쇠나무에 투명한 호스가 박혀 있다. 투명한 호스는 검은색 호스로 연결되어, 마을 입구에 있는 통에까지 닿아 있는 걸 어렵지 않게 볼 수 있다. 이 호스가 바로 고로쇠 수액 채취 줄이다. 호스는 고로쇠 수액 채취가 전통적인 방법을 넘어 상업적으로 변했다는 걸 말해준다. 산촌 주민들에게 주요한 소득원이 되고 있다는 증거이기도 하다.

고로쇠나무는 국립공원, 자연공원법과 인연이 깊은 나무이기도 하다. 고로쇠 수액을 채취하던 주민들은 2001년 국립공원 용도지구가 자연환경지구에서 자연보존지구로 변경되며 고로쇠 수액을 포함한 임산물 채취가 어렵게 되자 환경부에 민원을 냈다. 이는 자연공원법 개정으로 이어졌다. 현장조사, 토론회, 연구용역 등을 통해 내려진 결론은 자연공원법시행령 제14조 2(자연보존지구에서의 행위기준) 제7항에 명시되었다. 그 내용은 '지리산국립공원 심원지구, 달궁지구, 내장산국립공원 남창지구에서는 2001년 자연환경지구에서 자연보존지구로 변경되기 전부터 고로쇠 수액을 채취하여온 거주민에 한하여 수액 채취를 허용한다.'이다. 자연공원법을 바꾼 나무, 고로쇠나무는 대단히 정치적인 나무라 할 수 있겠다.

고로쇠 수액이 관절염, 요통, 중풍 등을 예방한다는 이야기도 있고 주민들의 민원으로 자연공원법이 개정되기도 했다. 하지만 야생생태계가 우선인 국립공원에서, 더구나 개인 땅도 아닌 국가 땅에서 나무에 호스를 꽂아 수액을 채취하는 게 적절한지에 대한 논란은 계속되고 있다. 또 어떤 사람들은 곰의 쓸개즙을 마시기 위해 곰 몸에 빨대를 꽂는 것과 고로쇠나무에 호스를 박아 수액을 마시는 게 뭐가 다르냐고도 한다. 고로쇠나무는 사람과 자연, 국립공원 등 여러 문제를 고민하게 해주는 나무이다. (2011. 12. 16)

4장

케이블카와 댐, 개발 이젠 그만!

피아골로 향하는 마음

어느 곳에 앞서 피아골에 가야 할 것 같았다. 국토해양부가 피아골에 댐을 만들겠다는, 귀를 의심케 한 이야기를 들은 후 피아골로 향하는 마음을 막을 수 없었다. 지도를 펼치고, 피아골과 피아골 옆 화개천, 피아골 물이 시작되는 지리산, 피아골 물을 담아내는 섬진강을 이리저리 헤맸다.

신년 산행을 하자고 제안했다. 산행지를 노고단, 천왕봉, 반야봉이 아니라 피아골로 정한 이유는 단 하나였다. 피아골에 가지 않으면 몸도 마음도 엉켜버릴 것 같았기 때문이다. 당장 무슨 일이 일어나는 것도 아닌데 궁금하고 조바심이 났다. 시도 때도 없이 '피아골'이 떠올랐다. 외곡삼거리에서 마을과 마을을 지나 지리산으로 들어가는 그 길, 직전마을에서 시작하여 표고막터, 삼홍소, 구계포교를 지나 피아골대피소까지 가는 산길을 걷고 싶었다.

2013년 처음으로 피아골에 가던 날, 하늘은 냉정하게 파랗고 바람은 견딜 만하게 차가웠다. 겨울치고는 춥지 않아 산행하기 참 좋은 날이라고들 하였으나 스치는 바람결의 차가움은 여전했

피아골 끝에 있는 직전마을

피아골로 들어가는 길, 국립공원경계를 지나 표고막터까지는
평평한 산길이다.

다. 그래도 유난히 춥다는 겨울치고는 따스한 날이었다.

지리산자락으로 내려와 맞이한 다섯 번째 겨울, 삼 일을 멀다하고 눈이 내렸다. 구례읍내에 눈이 쌓이고, 열흘이 지나도 쌓인 눈은 녹지 않았다. 녹지 않은 눈 위로 또 눈이 내렸다. 예상대로 지리산도 눈으로 덮여 있었다. 길도 물도 눈의 빛깔이 되어 초록과 붉음을 숨기고 있었다.

천천히 피아골대피소로 갔다. 걷는 동안 지리산을 생각했다. 지리산에 들어와서도 지리산을 생각하다니 대단한 홀림이다. 30대 초반 이 길을 처음 걷던 날, 물에 비친 붉은색에 마음을 빼앗겼다. 붉은 물빛은 강렬히 나를 지배하여 피아골은 누가 뭐라 해도 핏빛 골짜기로 기억되었다.

피아골대피소에 오면 함태식 선생님이 생각난다. 그가 대피소를 떠나던 날, 그는 대피소 문에 기대어 우리를 바라봤다. 회한 가득한 그의 눈엔 우리도 지리산으로 보였을 것이다. 40년을 지리산과 함께한 사람이 마지막 살던 곳, 그가 없는 피아골대피소는 허전하고 쓸쓸하다.

피아골대피소 한쪽에서 산신제를 지냈다. 지리산에 주고 싶은 선물로 준비한 제상에는 시와 사진, 감, 장갑 등이 올라왔다. 지리산과의 인연, 지리산에 하고 싶었던 말, 지리산에 대한 감사의 말이 오가고, 시를 읽고, 비나리를 하고, 잘살자고 서로를 다독이며 덕담을 했다.

지리산
-서시

박두규

산은 언제나 그곳에 있다
오랜 마음 속 벗처럼
부르지 않아도 항상
푸른 대답을 보내오고
그리움이 깊을 대로 깊어
산빛 너울이 아프다.

미친 눈보라, 갈 곳 없는 어둠
사십 년 징역을 곱게도 사는구나
물빛 하늘 얼굴들
살아서는 부둥킬 수 없었던
그리움 곁으로 가고
홀로 남아
상처 깊은 짐승처럼
우우우 웅크린
산.

그대
눈부신 억새꽃 바람결로 스미고

깊은 숲그늘 돌틈

철쭉으로 피어나

우리들 일상의

또 다른 이름이 되었다

다하도록

스스로가 다하도록 내려올 수 없어

산이 되었던 그대.

우리 곁을 떠나간 벗들은

저 산 되었지

헐벗어 눈 덮인 저 산.

그래, 바라던 조국 만나

풀씨는 맺었나

슬픔은 없더나.

저 산처럼 서야지

산이 거느리는 핏빛 그리움으로

살아 남아야지

밤마다 이빨 빠지는 꿈을 꾸며

가버린 벗 생각는 일은

그만 두어야지

깊은 숲그늘 바람, 숨 죽여 울면

아직도 너의 목소리가 들린다.

기분이었을까, 피아골대피소를 떠나 내려오는 발걸음은 한결 가벼웠다. 지리산이 든든하게 우리 곁에 있으니 우리는 그냥 살면 될 것 같았다. 각자의 자리에서, 시 쓰는 자는 시로, 노래하는 자는 노래로, 사진 찍는 자는 사진으로 그렇게 지리산과 함께하면 되지 않을까 싶었다. 그러면 지리산도 우리와 함께할 것이니까.
(2013. 01. 23)

피아골대피소

지리산 피아골댐,
우리는 받아들일 수 없다!

지금, 지리산 남쪽은 꽃 세상이다. 뒷산과 집 주변엔 매화, 산수유꽃이, 길가엔 개나리꽃이, 곧 벚꽃까지 필 기세이다. 요즘 봄은 '아 봄이구나.' 싶으면 이미 여름이라, 만개한 봄꽃들을 바라볼 때면 괜한 애잔함이 든다. 당혹하고 예측하기 힘든 계절 변화, 동식물들은 어떤 마음일까?

구례버스터미널에서 버스를 타고 피아골을 오가며 나는 늘 창밖을 본다. 지리산과 섬진강을 바라보는 나의 시선은 언제나 따뜻하게 설렌다. 그 길의 오른쪽에 있는 섬진강과 왼쪽에 있는 지리산이 사시사철 다른 빛깔로 눈을 붙잡고, 마음을 뒤흔들기 때문이다. 풀과 나무, 물빛, 그들이 만들어낸 풍경들은 손 내밀어 만지고 싶고, 꽉 끌어안고 싶고, 온몸을 내던지고 싶을 만큼 유혹적이다. 유혹적이지만 잔잔한, 그래서 몸과 마음이 평안해지는, 지리산과 섬진강은 우리를 너그럽고 부드럽게 만든다.

지난해 6월 26일, 지리산권 4개 지자체가 추진했던 지리산 케이블카가 모두 백지화된 후 이제 삶으로 들어가 소박하고 작은 기쁨들을 찾아내고, 대안을 만들어야 한다고 생각했다. 지리산 자락에 사는 것만으로도 감사한 일이니, 감사함을 전하고, 감사한 만큼 주변과 나누며 살아야겠다고 생각했다.

　나와 우리 안에 생각들을 되짚어보며 한 해를 마무리하던 날들. 그 사이를 비집고 2012년 12월 26일 중앙일간지 기자에게 전화가 왔다. 내서천댐 이야기 들어봤냐고. 잠시 정적이 흘렀다. 무슨 이야기인지 가늠이 되지 않았다. 내서천이라면 피아골을 말하는 건데, 거기에 댐을? 귀를 의심하게 하는 말이었다.

　'아니, 거기는 피아골인데 거기, 어디에 댐을 한다는 거예요?' 그도 나처럼 황당한 듯하였으나 더 단호히 말했다. 국토해양부의 댐건설장기계획에 내서천댐이 들어 있다고. 순간 눈에서 불이 번쩍했다. "말도 안 되죠. 거기는 반달가슴곰 이동 통로이며, 몇 해 전엔 곰이 새끼를 낳은 곳이고, 수달도 살고, 연곡사도 있고, 피아골이 얼마나 유명한 곳인데, 아니 사람이 살고 있는데, 피아골에 기대어 사는 사람들이 있는데 그곳에서 농사짓고, 피아골에 찾아오는 사람들을 대상으로 숙박도 하고 장사도 하는데, 학교도 있는데, 거기 어디에 댐을 짓겠다는 거예요." 열린 입이 다물어지지 않았다. 괜한 화풀이를 그에게 했다. 버럭, 화가 치밀었다. 쌍소리가 입안을 맴돌았다.

　그와의 통화 후 몇몇 신문과 방송에서 피아골댐 계획을 기정사실화했다. 우리는 새롭게 들어선 정부에 아무것도 기대할 것이 없을 거라는 무력감이 찾아왔다. 인간의 욕심과 밥그릇 챙기기 싸움에 지리산이 또다시 몸살을 앓겠다는 절망감으로 우울한 한 해를 보내야 했다. 잿빛 새해를 맞이해야 했다.

　국토교통부(전 국토해양부, 이하 국토부)는 전국에 댐을 짓고 싶

피아골은 주민들의 삶터이다.

천년 고찰 연곡사

어 한다. 댐건설장기계획(이하 댐계획)이라 이름 붙여 수자원 확보와 홍수 예방을 위해 2021년까지 한강·낙동강·금강·섬진강 수계에 6개 댐을 추가로 건설한다고 한다. 2010년 3월에 계획 수립을 시작했고, 환경부와 5개월 동안 전략환경영향평가를 했다고 하였다.

국토부의 대상지는 낙동강 상류 경북 영양의 장파천(영양댐)과 동해안 영덕의 대서천(달산댐), 금강 수계인 충남 청양의 지천(枝川), 구례 내서천 등 4곳이었다. 여기에 '다목적댐'을 지어 연간 1억 900만m³의 수자원을 확보하겠다는 것. 한편, 남한강 상류 오대천과 남강 상류인 경남 함양의 임천에 '홍수조절댐'을 건설해 2억 1100만m³의 홍수조절 능력을 확보한다.

그런데 국토부의 댐계획엔 여러 의문점이 있다. 4개의 다목적댐 건설 근거가 모두 수도정비기본계획(2009년)인데 농촌지역의 상수도 공급을 위해 대형댐을 건설해야 하는지? 한강 오대천의 경우 편익 발생 지역이 수도권일 텐데 댐 예정지와 지나치게 멀어 타당성이 있는지 의문이다.

환경부는 전략환경영향평가를 통해 낙동강 장파천 수계 댐은 대체 수자원 개발이나 낙동강 본류에서 취수하는 방안이 타당하므로 댐계획에서 제외해야 한다고 했다. 금강 지천, 섬진강 내서천, 낙동강 임천 수계 댐도 인근 댐 재개발이나 보강, 대체수원 이용 등의 방안을 먼저 검토하라고 하였다. 그런데도 국토부는 예정대로 하겠다고 한다. 이해하기 어려운 일이다.

국토부의 댐계획에 의한 구례 내서천댐, 낙동강 임천댐은 지리산 남북에 세워지는 댐으로, 내서천댐은 피아골을, 임천댐은 용유담을 물속에 수몰시킬 것이다. 어쩌려고 이런 계획을 세웠을까?

지리산 피아골을 모르는 국민이 있을까? 지리 10경의 하나이며, 지리산국립공원 왕시루봉과 불무장등 사이에 있는 계곡, 가을이면 단풍을 보러 가야 하는 곳, 그 피아골에 댐을 세우겠다고 한다. 정상적인 나라라면 농으로도 할 수 없는 말일 것이다.

피아골댐 보도가 있은 후 구례 여기저기엔 반대 현수막이 걸리고, 만나는 사람마다 수군거린다. 댐이 어디에 어떤 모양으로 들어설지 추측하며, 지리산의 자랑이며, 구례주민의 삶터인 피아골을 물속에 잠기게 하는 게 가능한 일인지 설왕설래한다.

국토부는 기촌, 중기, 조동, 원기, 신촌, 남산, 죽리, 평도, 당치, 농평, 직전 등 피아골 11개 마을, 386가구, 788명이 사는 마을을 물속에 묻어버리는 엄청난 계획을 받아들이라고 한다. 피아골 단풍은 추억 속에서나 생각하라고 한다.

인정할 수 있을까? 마을을 잃고, 피아골을 잊고 살아가는 것을, 지리산자락에 사는 사람으로서, 매일매일 지리산을 그리워하는 사람으로서 받아들일 수 있을까?

지금, 지리산을 사랑하는, 피아골이 지금 모습 그대로 남아 있기를 원하는 사람들은 각자의 위치에서 지리산과 피아골, 섬진강을 살리기 위해 노력하고 있다. 2월 5일엔 광양환경운동연합 등 광양지역 5개 환경단체가 내서천댐 건설계획 폐지 촉구 성명을 냈다. 2월 13일엔 전남 구례군의회(의장 김성현)가 내서천댐 건설계획 철회 촉구 성명을 냈다. 2월 19일엔 경남 하동군의회가 섬진강 상류 내서천댐 건설 계획 백지화를 촉구하는 결의문을 채택(김진태 의원 대표발의)했다. 3월 21일엔 전라남도의회가 지리산 내서천댐 건설계획 백지화 촉구 건의안(정정섭 의원 대표발의)을 채택했다.

환경운동연합, 영양댐 반대 주민대책위 등으로 구성된 '생명의 강을 위한 댐백지화 전국연대'는 4월 3일 창립대회 및 국회 토론회를 준비 중이다. 피아골댐 예정지에서 활동하는 국립공원을지키는시민의모임도 3월 28일부터 배움마당 '물은 생명이다'를 열고, 3월 30일을 시작으로 매월 1회 피아골을 걸을 계획이다.

피아골댐 백지화, 댐계획 무효화가 쉽지 않음을 안다. 10년 전 폐기된 지리산댐(낙동강 임천댐)이 다시 추진되는 걸 보면, 이제 시작된 피아골댐 싸움은 1년, 2년이 아니라 10년, 20년 긴 싸움이 될 수도 있다 생각한다.

그러나 지리산과 섬진강에 살기로 작정한 이상, 지리산에서 불어온 바람소리에 잠을 깨고, 섬진강이 초록으로 물들어가는 모습에 넋을 빼앗긴 이상 어쩔 수 없다. 누가 뭐래도 피아골댐은 안 된다. 절대로 받아들이지 않겠다. (2013. 03. 28)

이렇게 아름다운 피아골,
내년에도 걷고 싶다

2013년 3월 마지막 토요일. 광양과 하동, 구례의 매화, 산수유는 꽃잎을 떨어뜨리고, 햇살 따스한 곳엔 벚꽃이 핀 날이었다. 남쪽으로, 남쪽으로 봄꽃 구경을 온 도시사람들이 하동 쌍계사, 광양 매화마을로 향하던 날, 우리는 피아골을 걸었다.

언제쯤 피아골을 걸어야 매화를 제대로 볼 수 있겠냐는 질문에 이석호 님(신촌마을 주민)은 3월 30일이라 했다. 구례읍보다 일주일 늦게, 3월 마지막 주가 피아골 매화는 절정이라고, 눈부시게 아름답다고 했다.

구례버스터미널에서 피아골행 버스를 타고 섬진강을 따라 피아골로 향했다. 피아골행 버스 종점인 직전마을은 물소리가 거셌다. 피아골 골골이 물소리, 새소리로 가득하니, 그 소리로 피아골이 더 고요해졌다.

조정래 작가는 '태백산맥'에서 피아골 단풍이 유독 붉은 이유는 '그 골짜기에서 죽어간 사람들의 원혼이 그렇게 피어나는 것'이라고, 또 '양쪽 비탈에 일구어낸 다랑이논마저 바깥세상 지주들에게 빼앗기고 굶어죽은 원혼들이 그렇게 환생하는 것'이라고 기록하고 있다. 피아골을 피로 물든 격전지쯤으로 생각하기 쉽지만, 사실은 식용 피가 많이 재배돼 '피밭골'로 불리던 것이 '피아골'로 바뀐 것이란다. 그럼에도 왜 나는 피아골을 생각하면 손톱, 발톱까지 붉어지는 걸까?

피아골 첫 마을, 직전은 이름만 본다면 피아골을 대표하는 마을이다. 피직(稷)자에 밭전(田)자를 사용하여 직전(稷田)이라 하였으니. 직전마을에서 연곡사까지는 아스콘 포장길이다. 햇살 아래 아스콘 포장길을 걷는 일이 유난히 상쾌한 아침이었다. 차도 사람도 없는 피아골에 도란도란 이야기꽃이 피어났다.

내려가는 길에 짬을 내어 연곡사에 들렀다. 동부도를 돌아보고, 찻집에서 차도 한잔 마셨다. 우리의 걸음이 평안하길 바라는 찻집 주인장의 배려였다. 당치마을로 올라가는 큰길을 지나 평도마을, 연곡분교, 남산마을 앞을 걸어 신촌마을로 가는 길, 곳곳에 매화가 폈다. 피아골을 사이에 두고 남산마을과 평도마을은 마주보고 있다. 때가 되어도 굴뚝에서 연기가 안 나는 집, 남

토지초등학교 연곡분교

172

산마을에서는 평도마을 어느 집이 저녁밥을 굶는지 알 수 있었을 것이다.

원기마을에 들어서자 온통 매화다. 원기마을은 1975년 1월 1일 분동되기 전까지 신촌마을에 속하였으며 내서리 1구라 했단다. 원기(院基)는 원터라고도 한다. 김해 김수로왕의 아들 7형제가 칠불암에서 수도를 하고 있을 때 아들을 찾아가고 오면서 쉬어 가기 위해 큰집을 지었다 한다. 그래서 원터라는 설과 연곡사를 찾아가던 원님이 이곳을 지나던 중 날이 어두워 문바위 밑에서 하룻밤을 쉬어 갔다 하여 원터라 부르게 되었다는 설이 있다.

원기마을에서 낮밥을 먹었다. 이 가방, 저 가방에서 나온 샌드위치, 주먹밥, 쑥부쟁이 나물과 달래장에 봄빛이 가득하다. 낮밥 후 원기마을을 나서며 마을 입구 벚나무 아래서 시회를 했다. 오늘 우리가 이 길을 걸을 줄 나옹선사는 어찌 알았을까.

靑山兮要我以無語 청산은 나를 보고 말없이 살라 하고
蒼空兮要我以無垢 창공은 나를 보고 티 없이 살라 하네
聊無愛而無憎兮 사랑도 벗어놓고 미움도 벗어놓고
如水如風而終我 물같이 바람같이 살다가 가라 하네

외곡삼거리(기촌마을)에서 직전마을까지 가는 865번 지방도가 한산하다. 차가 다니라는 지방도이지만 한산하니 그 위를 걸었다. 걷다가 매화를 보고, 걷다가 진달래꽃을 보고, 걷다가 벚꽃을 봤다. 온 산과 들이 꽃밭이 되어버린 봄날이었다.

피아골 걷기의 백미는 조동마을에서 죽리마을로 넘어가는 징검다리 건너기다. 쇠다리가 아닌 돌다리로 건너는 길, 앞사람의 발걸음을 따라 물빛을 바라보며 걷는 길, 반야봉에서 시작된 피아골 물을 가장 가까이서 볼 수 있는 길, 징검다리 길을 건널 때면 반야봉, 임걸령, 피아골대피소가 눈앞에 삼삼히 그려진다.

죽리마을에서 기촌마을까지 가는 길엔 막 초록 잎을 단 나무들이 많아졌다. 연둣빛, 연초록 잎들이 살짝 고개를 내놓고 세상을 향해 무어라 말하는 듯하다. 꽃보다 아름다운 신록, 모두를 평화롭게 하는 빛깔, 꽃과 다른 더 깊은 매력, 이제 피아골은 초록 세상으로 변할 것이다.

국토부가 피아골에 댐을 만들겠다고 발표한 이후 피아골로 향하는 마음을 어찌할 수 없어 한 달에 한 번이라도 피아골을 걷자 한 첫날이다. 우리는 피아골 첫 마을 직전에서 피아골로 들어가는 첫 마을 기촌까지 걸었다.

섬진강이 가까워지며 꽃의 종류도, 나뭇잎의 빛깔도 점차 변해가는 피아골에 감탄을 넘어서 감동스런 시간이었다. 서로에게 따뜻함을 전해준 우리가 소중히 느껴진 시간이었다. 이처럼 아름다운 피아골 마을들이 물에 잠기는 일을 그냥 바라보고 있지는 말아야겠다는 작은 다짐이 마음에서 마음으로 전달된 시간이었다. (2013. 04. 09)

찡한, 바라보는 것만으로도
가슴 벅찬 피아골

  지리산에 비가 온다. 풀과 나무는 뿌리와 줄기, 잎으로 빗물을 빨아들여 한층 생기를 더할 것이며, 풀과 나무의 힘으로 여름은 더 빨리 올 것이다. 어떤 빗물은 흙과 돌을 적시며 땅 아래 깊은 곳으로 내려가고, 어떤 빗물은 계곡을 흘러 강으로 들어가 바다와 만날 것이다. 그러그러한 운명으로 한 순간도 지구를 떠나지 않고 순환하는 물이 있어 우리의 삶도 이어지고 있다.

  김정욱 서울대학교 명예교수가 3월 28일, 〈국립공원을지키는시민의모임〉과 사단법인 〈한백생태연구소〉가 주관한 강의 '물은 생명이다'에서 강조한 내용을 요약해보았다.

  "물 없이는 생명체가 만들어질 수도, 만들어진 생명체가 생존할 수도 없다. 대부분의 육상생물들이 비로 내리는 물과 그 물이 흐르는 강과 호수와 지하수에 의존해 생명을 유지한다.

  1960년까지만 하더라도 우리나라는 물 좋다고 세계에 자랑하던 나라였다. 어느 강에서나 깨끗하고 맛 좋은 물을 마실 수 있었고 멱을 감을 수가 있었다. 그러던 것이 지금은 많은 개울물이 마르고 강들은 훼손되었으며 대부분의 국민들이 수돗물을 안심하고 마시지 못할 정도로 전국의 물이 급격히 오염되었다.

역대 대통령들은 맑은 물 대책을 여러 번 발표했다. 그때마다 마시는 물만은 안심하고 마실 수 있도록 하겠다고 약속을 했다. 정부의 발표에 의하면 1991년 페놀 사고 이후 맑은 물 대책에 총 30조 원 이상의 예산을 투자했다고 한다. 하지만 물은 더 나빠져서 지금은 안심하고 수돗물을 그대로 마시는 사람이 국민의 1%도 안 될 정도가 되었다.

홍수를 관리하기 위하여 1970년대 이래로 1000여 개의 대형 댐을 지어 세계 제7위, 밀도로 따지면 세계 제1위의 대형 댐 보유국이 되었다. 그러나 그동안 오히려 홍수 피해액은 매년 백억 원 단위에서 지금은 조 원 단위로 100배 가량 껑충 뛰었다."

작년 12월 국토부가 피아골에 댐을 짓겠다고 발표한 후 물, 댐, 강 등에 대한 여러 분들의 이야기를 들어보니 어처구니가 없어도 너무 없었다. 거짓과 협박으로 일부 토건업자와 관료들만 살찌

'물은 생명이다' 2013년 3월 국시모와 한백생태연구소가 주관한 행사에서 김정욱 서울대 명예교수가 강연하고 있는 모습

우며, 국민들의 삶터를 빼앗고 죽음으로 내모는 국가에 화가 나고 분노가 치밀었다.

사람의 힘으로는 만들 수 없는, 시간과 자연의 기운이 있어야만 가능한 유형, 무형의 문화공간을 물로 덮겠다는 발상. 지리산 피아골에 댐을 만들겠다는 사람들의 상상력은 대체 어디에서 나오는 걸까? 그들의 무지막지한 상상력의 끝은 어디일까? 모순덩어리 국가에 대항하여 우리는 무엇을 해야 할까?

우리는 지리산 피아골에 댐을 만들겠다는 소식을 들은 후 매달 한 번씩 피아골을 걷고 있다. 이것밖에 못하는 우리가 너무 안이한가 싶지만, 그렇지만 우리는 매달 발걸음을 옮기며 생각한다.

"이곳을 걸을 수 있으니, 걸으며 바라볼 수 있으니 얼마나 다행인가. 걸으며 나누는 인사로 어르신들에게 작은 기쁨을 드릴 수 있으니 이 또한 좋은 일이리라. 저녁이면 굴뚝에서 연기가 오르고, 물소리, 새소리, 바람소리에 말소리가 흩어지는 공간 안이 잠시라도 존재할 수 있음에 감사하자."

4월 피아걸음은 연곡분교에서 시작하여 기촌마을 솔숲에서 마무리하였다. 연곡분교의 정식 이름은 토지초등학교 연곡분교장이다. 1997년 3월 1일 토지동초등학교에서 분교로 격하된 연곡분교는 2000년대에 들어와 폐교 위기를 맞이했었다. 전라남도 교육지원청이 20명 이하의 학교는 폐교하려 했기 때문이다. 지금은, 다행히 등교시키는 학부모의 60% 이상이 폐교를 원하지 않는다면 학생 수가 폐교를 결정하는 잣대가 아닌 것이 되어 위기를 넘긴 상황이다.

연곡분교에서 만난 아이들의 표정은 하늘만큼 맑고 밝았다. 크기를 정하여 기준 이하는 없애야 한다는 사람들에게 보여주고 싶은 화사함이었다. 피아골에 댐이 만들어진다면 연곡분교가 있어 가능했던 작고 소박한 아름다움도, 아이들의 화사한 미소도 함께 사라질 것이다.

우리가 할 일은 아이들의 등수를 매기고, 성적순으로 줄을 세우는 게 아니다. 어떠한 상황에서도 씩씩하게 자랄 수 있도록, 획일화된 세상이 아니라 다양성이 존중되는 세상을 보여주는 것일 게다.

연곡분교를 나와 남산마을을 지나자니 건너편 평도마을이 한눈에 들어왔다. 피아골 양옆에는 직전, 농평, 당치, 평도, 남산, 죽리, 신촌, 원기, 조동, 중터, 추동, 기촌 등 12개 마을이 있다.

오래전, 살 만한 곳을 찾아 피아골에 들어온 한두 가족이 모이니 마을이 되고, 그 사람들이 살아가는 이야기가 입에서 입으로 전해지며 또 다른 사람들이 모였다. 그렇게 모인 사람들과 마을들이 피아골을 정겨움과 따뜻함이 흐르는 곳으로 바꿔놓았다. 그게 지금의 피아골이다.

원기마을 위 큰 나무 아래에 멈춰 혼돈의 세상에 대해, 초록으로 바뀌어가는 자연에 대해 이야기했다. 이야기 끝에 자연스럽게 호명된 피아골에 사는 장기영 님이 〈보리밭〉을, 구례읍에 살며 매달 피아걸음에 빠지지 않는 정태연 님이 〈가고파〉를 불렀다.

구례읍과 피아골을 오가는 군내버스, 1시간에 1대씩 다닌다.

부르는 사람도, 듣는 사람도 모두가 애잔해지는 시간이었다. 더할 수 없이 평화로운 순간이었다. 노래하는 우리의 마음들이 모아지고 모아져 피아골을 지금처럼 흐르게 할 수 있기를 소망해본다.

산벚나무와 고로쇠나무가 꽃을 피우고, 꽃만큼 아름다운 층층나무 새잎이 세상과 마주한 날, 멀리 당치, 농평마을까지 보이는 길에 우리의 사연을 적어보았다.

"2013년 어느 맑은 봄날, 목아재로 향하며 우리는 찡한, 바라보는 것만으로도 가슴 벅참을 느꼈다. 우리 마음을 사로잡은 피아골, 그곳엔 묘한 마력이 있었다."

추동마을 뒷산에서 바라본 섬진강과 남도대교

목아재에서 기촌마을로 가는 산길을 걸었다. 소나무 숲 사이
로 진달래가 가득한 길이었다. 산길에서 만나는 진달래꽃 빛깔
이 마음을 빼앗는 길이었다. 동물과 사람이 다니는 길, 지리산 곳
곳의 길들은 하나같이 탄성을 나오게 만든다.

피아골의 어떤 마을은 큰길에 접해 있고, 어떤 마을은 길에서
보이지 않는다. 목아재에서 기촌마을로 가는 산길을 걷다 숨겨
져 있던 추동마을을 만났다. 설마 이런 곳에 마을이 있을까 싶었
는데 보물을 만난 기분이었다. 추동마을은 섬진강이 바라보이는
뒷동산을 가진 마을로, 그 자체가 그림이었다.

4월 피아걸음 마무리는 기촌마을 솔숲에서 했다. 사람의 능력
으로는 불가능한 신비롭고 경이로움 가득했던 4월 걸음에 감사

하며 5월 걸음을 기다리겠다고 하였다.

한 달 뒤에 진행된 5월 피아걸음은 당치마을 입구에서 시작하여 당재를 넘어 목통마을까지 걸었다. 구례에서 하동으로 넘어가는 길에는 피나물, 미나리냉이 꽃이 지천이었다. 5월 피아걸음은 걸어야만 느낄 수 없는 바람소리와 눈높이를 낮춰야만 보이는 들꽃들에 감탄한 걸음이었다. 물과 토종꿀을 선뜻 내어주고, 힘들게 뜯었을 산나물을 한 움큼 집어주시는 마을 분들의 따스함에 놀라며, 이런 세상이 아직도 남아 있음에 흐뭇한 걸음이었다.

사진은? 사진은 없다. 5월 피아걸음은 마음으로 상상하시라. 피아골이 지금처럼 흐르길 소망하는 6월 피아걸음은 8일 노고단에서 시작하여 돼지령과 피아골삼거리를 지나 피아골까지 걷는다. 6월 피아걸음, 벌써부터 기다려진다. 여름날 지리산의 초록빛이 삼삼히 그려진다. (2013. 05. 19)

환경부여, 여전히
국립공원 케이블카인가!

지금, 우리나라 국립공원은 케이블카로 폭발 일보 직전이다. 환경부에 의하면 설악산국립공원, 지리산국립공원, 북한산국립공원, 한려해상국립공원 등 9개 국립공원에 인접한 15개 지자체가 케이블카 사업을 검토·추진 중이다. 양양, 산청, 구례, 남원, 영암, 사천 등 6개 자자체는 케이블카 사업을 위한 국립공원계획변경신청서를 제출한 상태라 한다. 여기에 북한산국립공원 케이블카 설치를 계획하는 국립공원관리공단, 지금은 잠잠하나 상황이 되면 언제든 케이블카를 건설하겠다는 지자체 등을 합치면 국립공원은 가히 케이블카 전성시대라 불릴 만하다.

야생 동·식물의 삶터, 자연·문화경관보호지역에서 국립공원을 케이블카 천국으로 바꾼 일등공신은 환경부이다. 2010년 10월 1일 자연공원법(이하 법) 시행령·시행규칙 개정안 공포, 2010년 10월 25일 국립공원 케이블카사업 기본방침 발표, 2011년 5월 3일 케이블카 가이드라인 개정, 차기 국립공원위원회 회의에서 국립공원 케이블카 시범사업지 결정 계획 등은 모두 환경부가 주도한 일이다.

환경부는 이용행태 다원화, 장애인·노약자 이용 수요 감안 등을 이유로 케이블카 촉진정책을 폈다. 환경부인지, 국토해양부인지, 보건복지부인지 헷갈리게 한다. 환경부는 묘한 뉘앙스로 국립공원 케이블카 설치를 부채질한다. 우리나라 국립공원엔 케이블카가 없는 것처럼, 법 때문에 케이블카 설치를 못했다는 듯, 환경단체는 무조건 케이블카에 반대하는 것처럼.

안타깝지만, 우리나라 국립공원에는 케이블카가 있다. 1967년 제정된 공원법에 케이블카가 공원시설로 명문화되면서, 케이블카는 국립공원에 설치 가능한 시설이 되었다. 1971년 설악산국립공원과 1980년 내장산국립공원에 건설된 관광용 케이블카, 1983년 계룡산국립공원에 생긴 방송용 케이블카, 1989년 온갖 편법을 동원하며 건설된 덕유산국립공원 스키장용 케이블카 등은 모두 법에 의해 설치됐다. 그러니 1967년 이후 지금까지 법이 국립공원 케이블카를 설치하지 못하게 한 건 아니다.

그렇다면 덕유산국립공원 케이블카 이후 20년 넘게 국립공원

유원지가 된
내장산국립공원
케이블카 종점부

케이블카가 건설되지 못한 이유는 무엇일까? '국립공원'이기 때문 아니었을까! 자연생태계에 대한 관심이 높아지고, 국립공원만은 보전되어야 한다는 국민적 합의가 이뤄졌기 때문이다. 기존 국립공원 케이블카로 인한 국립공원 정체성 혼란과 생태파괴 등이 심해졌다. 그래서 케이블카는 국립공원에 어울리는 시설이 아니라는 사회적 공감대가 형성되었기 때문이다.

1872년은 국립공원이란 말이 세계사에 등장한 첫 해이다. 1872년 미국은 옐로스톤 국립공원법을 제정하고 옐로스톤 지역을 국립공원으로 지정했다. 그 후 100개 이상의 나라에서 약 1,200여 개의 국립공원이 지정되었다. 미국인은 국립공원을 '미국인이 생각해낸 아이디어 중 역사상 가장 훌륭한 것(Best Idea)'이라고 한다. 대단한 자부심이다.

국립공원이 세계사에 등장한 19세기, 미국은 인디언 추방법, 인디언 보호구역 등을 통해 인디언들이 살던 땅을 빼앗고, 인디언들을 쫓아냈다. 그리고 그곳을 국립공원이라 이름 했으니 국립공원은 보전·보호를 위한 훌륭한 제도임엔 틀림없지만, 한편으론 전통의 방식으로 살아온 인디언들의 아픔과 고통 위에 세워진 제도이다.

국립공원이 인디언들의 삶을 왜곡했다는 사실을 알면서도 국립공원 제도를 높이 평가하는 이유가 있다. 당시 미국은 개인—인디언이 아닌 백인—의 능력에 따라 규제와 제한 없이 땅을 소유할 수 있던, 개인들 간 땅 차지 경쟁이 극에 달하던 시기였기 때문이다. 그러한 때 엄청난 잠재적 투자 가치가 있는 주요한 경관지역을 사유화하지 않고, 공공의 소유와 대중의 이용을 보장하기 위하여 국립공원으로 지정한 것은 혁명적이라 할 만큼 획기적인 사건이었다. 현 세대만이 아니라 미래 세대가 즐기고, 배우며, 영감을 얻을 수 있도록 자연·문화적 자원과 가치를 '보존'한다는 국립공원. 그것은 개인이 아닌, 개별 기업이 아닌, 일부 지자체가 아닌, 공공(公共)을 위해 존재하는 것이다.

이런 이야기를 하면 그건 땅 넓은 외국 이야기라는 분들이 있다. 우리나라가 미국, 캐나다 등에 비해 넓지 않은 건 분명한 사실이다. 그러니 더더욱 이 땅에서 오랫동안 살기 위해 더 아끼고 보전해야 한다.

우리나라에는 지리산, 설악산을 포함하여 20개의 국립공원이 있다. 우리나라 국립공원 면적은 국토 면적 대비 6.6%라 하지만 이는 바다 면적을 포함한 것이다. 육지 면적만 본다면 4%도 안 된다. 이웃하는 일본이 5.2%, 대만이 9.6%인 것에 견주면 대단히 적은 면적이다.

우리나라에 국립공원제도가 도입된 1960년대는 경제개발이 최고의 가치였던 시대로, 국립공원 지정도 관광지 개발 성격이 강했다. 그러나 1998년 국립공원 관리가 환경부로 이관되면서 국립공원은 우리나라 보호지역을 대표하는 지역이 되었다. 1996년 이후 국립공원엔 스키장, 골프장이 들어설 수 없게 되었다. 2001년 이후 국립공원에 1킬로미터 이상의 도로를 놓으려면 국립공원위원회의 심의를 거쳐야 한다. 그간 대단히 더디고 답답했지만 국립공원 제도와 정책은 보전을 바라보고 변화하였다.

그런데 2010년 10월 1일, 환경부는 국립공원 자연보존지구(이하 자연보전지구)에 더 긴 케이블카, 더 높은 정류장을 짓도록 법을 개정했다. 자연보존지구는 국립공원 중 생물다양성이 특히 풍부한 곳, 자연생태계가 원시성을 지니고 있는 곳, 특별히 보호할 가치가 높은 야생 동·식물이 살고 있는 곳, 경관이 특히 아름다운 곳 등에 지정한다. 국토 면적의 1.4%밖에 안 되어 특별한 이유가 없는 한 시설도, 행위도 제한해야 할 지역이다. 보존이 최우선의 가치인 자연보존지구에 시설을 설치하기 위해 법을 개정한 사례는 국립공원 지정 이후 처음이다.

개발독재 시대에도 없었던 일을 이명박 정부가 한 것이다. 법 개정으로 지리산국립공원 천왕봉·반야봉, 설악산국립공원 대청봉 등에는 케이블카가 올라갈 수 있게, 5층 높이 케이블카 정류장이 들어설 수 있게 되었다.

국립공원제도를 만든 미국 국립공원에는 케이블카가 한 곳도 없다. 1960년대 붐처럼 일어나던 일본 국립공원에서의 케이블카 설치는 1990년대 다이세츠잔 국립공원에서 이미 건설된 케이블카 구간을 연장하기 위한 공사 이후 단 한 건도 없었다. 일본에서는 후지하코네이즈 국립공원 코마가타게 케이블카와 고츠토야 국립공원 케이블카가 폐지되고, 세토나이카이 국립공원 롯코아리마 로프웨이 일부 노선이 정지되는 등 국립공원 케이블카는 몰락해가는 산업이다. 그런데 우리나라 환경부는 법까지 개정하며 국립공원 케이블카 설치를 부추기고 있다.

케이블카를 추진하는 사람들은 케이블카가 지역 경제에 도움이 되고, 자연도 보호하고, 노약자·장애인 등 사회적 약자를 배려하는 시설이라고 한다. 과연 그럴까?

케이블카는 '목적형 상품'이 아니다. 케이블카만 타러 먼 거리를 이동하는 사람은 거의 없다는 말이다. 케이블카는 산행을 위해 하루 내지 이틀 동안 머물던 탐방객에게 반나절 산행을 가능하게 한다. 국립공원을 찾은 탐방객은 케이블카를 타고 산 정상을 다녀와 다른 지역으로 가버린다. 산 밑에서 민박과 식당을 하며 소소하게 돈을 벌던 토박이 주민들에겐 사람들이 많이 온다하여도 그림의 떡일 뿐이다.

규모와 조건에 따라 다르지만 국립공원 케이블카 건설비용은 작게는 600억 원에서 많게는 1000억 원이 든다고 한다. 우리나라 국립공원 1년 예산과 맞먹는 돈이다. 이 돈이 케이블카 건설에 사용되지 않고 교육·복지 예산으로 쓰인다면 이게 오히려 지역 경제에 도움 되는 일 아닐까?

지리산국립공원
케이블카 반대활동

사람들의 발길에 초토화된 설악산국립공원 권금성

케이블카 설치를 찬성하는 분 중에는 '케이블카 있으면 타야지, 편하잖아.'라는 분이 있다. 그분께 되물어본다. "1.1킬로미터 케이블카 탑승료가 8천 원 정도니, 5킬로미터 케이블카 탑승료는 1만5천 원에서 2만 원쯤 되겠죠. 환경부는 왕복 이용을 전제로 케이블카를 허가한다니, 그럼 3만 원에서 4만 원을 내야 케이블카를 탈 수 있는데, 그래도 타시겠습니까?"라고. 4인 가족 기준으로 케이블카를 타고 종점에서 차 한 잔 마시면 20만 원은 족히 드는데, 다시 타는 사람이 있을까?

국립공원 케이블카를 둘러싼 이러저러한 조건을 분석해보면 국립공원 케이블카가 1, 2년 반짝 장사를 할 수는 있을 것이다. 그러나 그 후엔 운영자체도 힘들 것이다. 설사 케이블카 운영업

체가 돈을 번다 하여도 주변 상권, 지역 경제에 도움이 되지 않는다는 사실이다. 국립공원 케이블카는 건설업자만 배불리는 사업이 될 것이다.

국립공원 케이블카를 자연보호시설이라는 사람도 있다. 제아무리 기술이 발달하여도 케이블카 정류장을 지으려면 나무와 풀을 베야 한다. 정상부로 올라간 사람들은 연결 등산로로 움직이고 싶어 하고 능선상 등산로에 대한 이용 압력이 높아진다. 환경부가 내세우고 있는 기존 탐방로와 연계를 피함이라는 기본방향은 덕유산국립공원에서 보듯이 언제든지 바뀔 수 있다. 아니 1~2년 안에 바뀔 것이 뻔한 형식적 원칙일 뿐이다.

환경부가 진실로 정상부 탐방객 분산 필요성 때문에 케이블카를 설치한다면, 환경부는 케이블카 상부 정류장 인근의 등산로를 공원시설에서 폐지하는 정책을 동시에 실행해야 한다. 지리산국립공원의 경우 천왕봉, 반야봉, 노고단으로 향하는 등산로를 없애야 한다는 말이다. 산을 걸어 올라가는 게 보편적인 나라에서 가능한 일일까? 아마 국립공원 입구마다 폭동이 일어날 것이다.

국립공원 케이블카가 생태계를 훼손하는 시설이라는 것은 현재 운영되는 케이블카를 보면 쉽게 이해된다. 내장산국립공원은 케이블카로 인해 상부정류장 주변이 술 마시고 노래 부르는 유원지가 되었다. 케이블카 종점부에서 걸어 내려오는 사람들로 인해 내륙 북방한계선에 위치하는 천연기념물(제91호) 굴거리나무 군락지가 단절되었다. 덕유산국립공원은 무주리조트에서 편법 운영하는 스키장 케이블카로 향적봉 아고산지대가 초토화되었다. 설악산국립공원은 케이블카로 권금성 일대가 풀도 나무도 살지 않는 땅이 되어버렸다.

케이블카는 팔공산도립공원, 가지산도립공원의 경우처럼 케이블카 선로 아래 숲을 완전히 베어버리거나 지속적으로 가지치기 하는 것을 허용하는 시설이다. 도로 이상의 생태계 훼손시설인 것이다. 케이블카로 인한 경관 파괴는 상상만으로도 끔찍하다. 노고단, 대청봉 아래, 문장대 등에 5층 높이 건물이 들어선다는 것이니, 그리 된다면 어찌 국립공원을 쳐다볼 수 있을까.

케이블카 사업자들은 케이블카 건설을 이야기하며 노약자와 장애인을 배려해야 한다고 한다. 우리 사회가 노약자와 장애인 등 사회적 약자를 배려해야 하는 것은 너무도 당연하다. 그런데 사회적 약자에 대한 배려는 가까운 곳에서, 일상의 삶에서부터 시작해야 하지 않을까? 케이블카 사업자들이 케이블카를 추진하며 사

경관 훼손의 대표적 사례,
대둔산도립공원 케이블카

회적 약자를 배려해야 한다는 주장에서 진정성을 느낄 수 없는 건 우리 시선이 삐뚤어져서일까?

환경부는 시간이 가면 갈수록 더 많은 지자체가 케이블카 추진에 나선다고 걱정한다. 그래서 빨리 몇 곳을 허가해야겠다고 한다. 그러면서 그 몇 곳이 지리산, 설악산임을 감추지 않는다.

우리나라 국립공원 1호, 민족의 영산, 백두대간의 시작점, 반달가슴곰 복원사업이 진행되는 곳, 지리산국립공원이다. 천연보호구역, 1982년 유네스코(UNESCO)에 의해 우리나라 최초로 인간과생물권계획으로 지정, 산악인들이 가장 사랑하는 산, 멸종위기동물 산양이 살고 있는 곳, 설악산국립공원이다. 그런데 환경부가 국립공원 케이블카를 이야기하며 경제성이 있다는 이유로 지리산, 설악산을 거론하는 건 무례하고 불경스런 일이다.

환경부가 진정으로 국립공원 케이블카가 필요하다고 생각한다면, 지자체에 떠넘기지 말고 국립공원 케이블카 건설에 직접 나서야 한다. 국립공원을 관리하는 주체로서 국립공원 케이블카 설치에 반대하는 국민을 설득하고, 국립공원 심장부에 철탑을 꽂는 자신감을 보여줘야 할 것이다. '환경'부라면, 지리산국립공원, 설악산국립공원 등을 제대로 보전하고 지속가능하게 이용하기 위해 왜 하필 케이블카이어야 하는지 다시 한 번 고민하길 바란다. (2011. 06. 13)

케이블카 설치 부결,
2012년 6월 26일 그날

올해는 기억할 날이 많은 해다. 2월 15일, 시어머님이 돌아가셨다. 어머님과 각별한 애틋함을 나눴던 고부간이라 할 순 없지만 같은 여성으로, 시아버님이 돌아가신 후 홀로 되신 어머님을 잠시 모셨던 며느리로서 깊은 아픔을 느꼈다. 어머님이 보여주신 마지막 눈물은 이 땅에 사는 여성의 눈물이며, 사랑하는 이들을 두고 가야 하는 애절함의 표현이라고 느껴졌다.

또 한 번의 뜨거운 눈물을 흘린 날, 6월 26일. 제96차 국립공원위원회가 열린 날이다. 10시부터 진행되는 국립공원위원회에 참석하기 위해 서초동 남부터미널 근처에서 잤다. 새벽 3시쯤 깨서 멍하니 어둠을 응시하다가 오늘은 특별한 날이니 더 자야겠다고 생각했지만 잠이 오지 않았다.

창밖이 밝아오고 서둘러 길을 나섰다. 아는 분들에게 문자와 전화가 왔다. 잘하라고, 기운 내라고, 점점 몸이 식어갔다. 손발이 차가워지고, 피의 흐름이 멈춘 듯했다. 호흡을 하고, 어찌되든 최선을 다하자고 혼자만의 싸움이 아니라고 스스로를 다독였다.

회의에 참석하기 위해 청사로 가는데 낯익은 얼굴이 보였다. 지성희 국장, 신현호 간사, 인드라망 회원들. 눈물이 핑 돌았다.

시작도 하기 전에 이러면 안 되는데 싶었지만 어쩔 수 없었다. 10년 동안의 긴 싸움으로 나름 지치고, 회의결과가 어떨지 두렵기도 했다.

국립공원 케이블카, 국립공원 주변의 일부 지자체와 지역 토건 세력들은 국립공원에 케이블카를 올리고 싶어 한다. 정상으로, 정상으로 더 많은 사람들을 실어 올려서 돈을 벌고 싶어 한다. 2001년부터 시작된 싸움이다.

김대중, 노무현, 이명박으로 대통령이 바뀌면 정책도 바뀌었다. 2010년에는 우리나라에 국립공원제도가 도입된 후 최초로 공원 자연보존지구에 더 길고, 더 높은 시설을 허용하도록 자연공원법이 개정되었다. 이명박 정부는 국립공원까지 돈과 성장, 개발에 팔아버린 것이다.

전국 15개 이상의 지자체가 국립공원에 케이블카가 필요하다며 달려들었다. 놀란 환경부가 2012년 2월에 내놓은 안이 국립공원 케이블카 시범사업이란 것이었다. 그때까지 환경부에 신청서를 제출한 설악산 양양, 지리산 남원·함양·산청·구례, 월출산 영암을 대상으로 가이드라인을 적용하여 시범사업을 하겠다는 안이었다.

'장애인과 노약자를 위해 설치한다.', '케이블카가 지역에 돈을 뿌려줄 것이다.', '오히려 환경을 보존하는 시설이다.' 등등. 국립공원 케이블카를 둘러싼 장밋빛 전망들. 그러나 그들은 환경부가 제시한 가이드라인조차 지키지 않았다. 국립공원특별보호구역에 케이블카를 설치하겠다고 했고, 환경영향평가서의 조사지

점과 계획서가 일치하지 않았다. 케이블카를 위해 탐방로를 폐쇄하겠다고도 했다. 말도 안 되는 계획들이었다. 그런데도 불안했다. 정부와 지자체가 추진하는 개발 사업이 법과 원칙대로 진행되지 않음을 너무도 잘 알기 때문이었다.

회의가 시작되고 민간전문위원회에서 그간 검토한 조사결과를 보고하고, 케이블카 추진 지자체 대표자들의 발표(프레젠테이션)가 끝나고, 질의응답이 오갔다. 10년간의 논란, 법까지 바꾼 개발 의지, 국회의원과 지자체장, 일부 주민들을 앞세운 여론몰이, 국립공원 케이블카 정책부서인 환경부나 심의기구인 국립공원위원회 모두 부담스럽고 초조한 시간이었다. 손에서 식은땀이 났다. 아침에 화장실을 안 간 것 같은 느낌, 체했나 싶을 정도로 가슴이 꽉 막혀왔다. 문제점을 지적하고 6곳 모두 부결되어야 한다고 이야기했지만 오리무중, 누구도 믿을 수 없는 상황이었다.

오랜 논쟁 끝에 6곳 모두 부결되었다. 그러나 지리산과 설악산 국립공원은 국립공원 케이블카가 필요하다는 아쉬운 단서를 남기며 회의는 종결되었다. 자연공원법에 케이블카가 살아 있는 한 어쩔 수 없는 일이기도 했지만 이 단서가 또 다른 싸움의 시작이 될 것임을 알고 있으니 한껏 기뻐할 수도 없었다.

밖에서 기자회견을 준비 중인 동지들에게 문자를 보냈다. 손이 떨려서 휴대폰 버튼이 눌러지지 않았다. '환영 기자회견 합시다. 6곳 모두 부결!' 입가에 웃음이 나왔지만 자제했다. 케이블카를 찬성했던 위원들도 있고, 완전한 승리가 아니니 쉽게 웃을 수 없었다. 환경부가 준비한 도시락을 꾸역꾸역 입으로 밀어 넣었다.

맛이 느껴지지 않았다. 밖에 있는 동지들에게 가고 싶었다. 반도 먹지 못하고, 일이 있어 가야 한다며 회의장을 나왔다. 가슴이 벅차올랐다. 여름의 *끈끈한* 바람도 상쾌하게 느껴졌다.

청사 앞에서 기자회견을 하는 이들, 박그림 선생님, 김병관 대장, 김두석 대표, 지성희 국장, 박창재 국장, 고이지선 님, 사람들의 얼굴이 보이자 눈물이 흘렀다. 고맙고 감사했다. 지난 10년 동안 지리산 천왕봉, 설악산 대청봉, 북한산 백운대에서 보낸 날들, 매서운 눈보라와 비바람, 뜨거운 햇살 아래 서 있었던 시간들, 지리산 노고단에서 맞이했던 새벽, 우리들의 힘만으로는 불가능한 일이었다. 국립공원이기에 가능했던 일이었다.

국립공원 케이블카 부결 결정과 함께 나의 국립공원위원 임기는 마무리되었다. 그리고 지금 우리의 희망과는 상관없이 국립공원 케이블카는 계속 추진되고 있다. 이미 강원도 양양군은 환경부에 설악산국립공원 케이블카 신청서를 냈다고 한다. 그러니 우리들의 싸움도 계속될 것이다.

케이블카 반대 일인시위
중인 저자의 모습

국립공원 케이블카, 지난 10년간 국립공원의 핵심이슈였다면, 앞으로의 10년도 핵심이슈가 될 것이다. 우리사회가 국립공원의 가치와 정체성을 인정하고, 그곳에 사는 야생동식물의 입장에서 공존공생하려는 마음이 필요하다. 국립공원을 지켜내야 한다는 뜻을 같이하지 않는 한 우리는 끊임없이, 소모적인 싸움을 계속할 수밖에 없다.

이제 우리 싸움은 국립공원 케이블카 반대를 넘어, 국립공원 케이블카가 가능하게 하는 법과 제도를 바꿔야 한다. 국민들과 국립공원의 존재 이유를 공유하기 위해, 공공의 공간인 국립공원을 돈벌이 수단으로 전락시키지 않도록 천천히, 그렇지만 집요하게 삶속으로 파고 들어가야 한다. 국립공원에 사는 반달가슴곰과 산양, 하늘다람쥐를 대신하여. (2012. 11. 20)

환경부 앞에서의 한 달,
나는 왜 여기 서 있을까?

오늘로부터 한 달 전인 6월 24일부터 세종시 환경부 청사 앞에서 1인 시위를 하고 있다.

나는 지리산에 산다. 지리산자락에 살고 있는 내가 설악산 케이블카 반대의 기치를 들고 환경부 앞에서 1인 시위를 하고 있는 이유는 뭘까? 설악산과 지리산은 우리나라를 대표하는 국립공원으로서 나누어 생각할 수 없다. 우리나라 생태계의 마지막 보루인 국립공원은 지켜져야 한다고 생각하기 때문이다.

케이블카가 자연생태계를 얼마나 심하게 훼손할 수 있는지는 이미 설치되어 있는 설악산 권금성 케이블카가 잘 보여주고 있다. 설악산 소공원에서 권금성까지 오르내리는 그 케이블카로 인해 권금성은 풀 한 포기, 나무 한 그루 살지 못하는 산이 되었다.

그런데 설악산에는 속초에 있는 1개의 케이블카가 모자라다고, 양양에도 필요하니 오색에서 출발하는 케이블카를 하나 더 짓자는 것이다.

오색에서 출발하는 케이블카 계획은 이미 2차례나 부결되었다. 2차례 부결되었으나 일단 시작된 케이블카 건설 시도는 멈추지 않는다. 세 번째 계획이 제출되었다. 될 때까지 해보자는 식이다.

설악산국립공원 권금성 케이블카
건설 전·후 모습 ©박그림

이번 계획 노선의 상부승강장 탐방 데크에서 끝청봉(주요 봉우리)까지는 203미터밖에 떨어져 있지 않다. 케이블카가 설치가 되면 봉우리, 탐방로와의 연계는 불을 보듯 뻔하다. 그러면 그 봉우리와 봉우리에서 연결된 능선, 대청봉이 어떻게 될 것인지 권금성의 지금 상태를 보면 두려워하지 않을 수 없다.

그런데 더 놀라운 것은 이번 계획에서 양양군이 '등산객의 삭도 하행 탑승 허용 방안 검토'를 은근히 말하고 있다는 점이다. 다른 코스로 올라갔던 등산객들이 케이블카를 타고 오색으로 내려와 돈을 쓰도록 하겠다는 것이다. 돈만 된다면 설악산국립공원이 어떻게 될지는 관심이 없다는 이야기다.

이러한 계획은 '왕복이용을 전제로 하고 기존 탐방로와 연계를 피한다'는 '자연공원 삭도 설치·운영 가이드라인'(이하 가이드라인)을 계획단계에서부터 무시하겠다는 이야기다. 2012년 6월과 2013년 9월에 환경부 국립공원위원회가 견지했던 국립공원 케이블카 심의 기준, 가이드라인 등에 대한 환경부의 잣대가 흔들리지 않는다면 심의할 것도 없이 반려해야 할 계획이다.

양양군은 이번 계획이 산양(멸종위기야생동물 1급, 천연기념물)의 주 서식지는 아니라고 한다. 하지만 우리가 확인한 바에 의하면, 계획된 노선 일대에서는 양양군의 조사보다 훨씬 많은 산양 서식 흔적이 나옴을 알 수 있었다. 설악산국립공원은 DMZ, 울진·삼척 지역과 함께 남한에 단 3곳만 남은 산양 집단 서식지이다.

또한 이번 계획에는 세계자연보전연맹(IUCN) 평가기준에 따른 희귀식물 중 가까운 미래에 자생지에서 매우 심각한 멸종위기

설악산 케이블카 예정지(지주 5번)에 살고 있는
수령 213년 된 신갈나무. 이 나무는 케이블카가
건설된다면 흔적도 없이 사라지게 된다. ©김지석

(EN)에 직면한 개회향과 눈향나무가 살고 있다. 상부승강장 주
변(지주 6부터 상부승강장 탐방 데크까지)은 국내에서 매우 희소한
아고산 식생대이다. 절대 보호가 필요한 지역에 케이블카를 건설
하겠다는 것이다.

설악산국립공원은 천연보호구역, 유네스코 인간과생물권계획,
국립공원, 산림유전자원보호구역, 백두대간보호지역 등 5개 보
호구역으로 지정된 곳이다. 멸종위기야생동물 1급인 산양을 비
롯하여 수달, 담비, 삵, 하늘다람쥐 등 멸종위기종의 서식지이기
도 하다. 대체 설악산국립공원 어디로 케이블카가 올라갈 수 있

는지, 이제 환경부가 답해야 한다.

국립공원 중에서도 특히 설악산국립공원은 보전의 가치가 높은 공원자연보존지구가 78%(우리나라 국립공원의 자연보존지구 평균은 23%)나 되는 국립공원이다.

자연공원법에 공원자연보존지구는 생물다양성이 특히 풍부한 곳, 자연생태계가 원시성을 지니고 있는 곳, 특별히 보호할 가치가 높은 야생 동·식물이 살고 있는 곳, 경관이 특히 아름다운 곳 등을 특별히 보호할 목적으로 지정한다고 되어 있다. 공원자연보존지구 면적은 국토 면적의 1%에 불과하다.

설악산의 대부분은 문화재보호법에 의한 천연보호구역이다. 또 설악산 일대는 우리나라 최초로 '유네스코 인간과생물권계획'에 등재된 곳이다. 그런 점에서 만약 설악산 케이블카가 허가된다면 다른 국립공원은 언제든지 케이블카가 건설될 수 있다는 걸 의미한다. 지리산도, 오대산도, 한라산도, 개발업자가 원한다면 정부는 그들의 손을 들어줄 테니 케이블카를 피하기 힘들 것이다.

그래서 지리산 아래에 사는 나는 내일도 설악산 케이블카를 반대하는 일인시위를 계속하지 않을 수 없다. 나는 환경부가 우리나라의 미래를 지키는 본연의 임무에 충실해달라고 간곡히 부탁하는 심정으로 1인 시위를 한다.

지난 15년 동안 국립공원 케이블카 문제를 놓고 씨름해온 나는 그 기간 동안 환경부의 변화를 지켜봐야 했다. 그간 환경부는 관련 법을 바꿨고, 지침을 만들었고, 만들어진 지침을 2차례나

변경하였다.

그들은 처음엔 국립공원은 보전해야 한다고 말했으나, 시간이 지나자 다른 정부부처와 지자체, 주민들의 압력이 너무 거세어 버티기 힘들다고 했다. 그러더니 이제는 국립공원에 대해서도 기존의 생각을 버려야 한다고 말한다. 이용 다양화, 장애인과 노약자의 이동권 보장을 이야기한다. 이제 환경부는 환경부이길 포기하고 보건복지부가 되겠다는 것인가? 그러면 국립공원은, 국립공원에 살고 있는 반달곰과 산양은 누가 대변할 것인가, 1%도 지켜내지 못하는 우리는 미래세대에 뭘 물려줄 것인가?

15년을 끌어온 국립공원 케이블카 논쟁은 양양군의 세 번째 설악산 케이블카 계획의 처리 여부로 일단락될 것이다. 나는 환경부가 국토교통부나 보건복지부가 아닌 환경부로서 국민의 지지를 받으려면 법의 조항과 가이드라인에 따라 충실하게 처리해야 한다고 생각한다. 우리 모두의 믿음과 국립공원을 삶터로 살아가는 야생 동식물들의 간절함이 환경부를 눈뜨게 하길 바란다. (2015. 07. 27)

산악자전거,
산과 숲의 입장에서 바라보자

우리는 숲과 산을 같은 곳으로 이해한다. 바닷가 숲이나 마을 입구 숲, 도심 숲처럼 산에 있지 않은 숲도 있으나 대부분의 숲은 산에 있기 때문이다. 숲의 주인은 누구일까. 풀과 나무, 야생동물이라고 답하면 될까?

전통적으로 숲은 야생동식물과 인간이 공생·공존하는 장소였다. 인간은 숲에서 산나물을 뜯고, 열매를 채취하고, 땔감을 만들고, 야생동물을 잡기도 했다. 인간에게 숲은 삶을 유지하고 경제생활을 이어가는 데 없어서는 안 될 공간이었다. 또한 숲은 대기를 정화하고, 물을 품고, 토사 유출을 방지하고, 야생동식물을 보호하며, 아름다운 숲 경관과 숲에서 나오는 여러 물질을 통해 몸과 마음을 치유하기도 한다. 숲은 인간 삶을 풍요롭게 한다.

그렇다면 숲을 삶터로 살아가는 야생동식물과 숲으로 인해 삶이 풍요로워지는 인간 사이의 갈등은 어떤 식으로 표현되었을까? 산에 도로를 내고, 경관 좋은 곳에 살기 위해 산 한쪽을 깎아 집을 짓고, 산에 사는 야생동식물을 마구잡이로 채취, 포획하는 일련의 일들. 이 과정에서 숲이 훼손되는 것을 보고, 느낀 사람들의 숲 생태계, 야생동식물 보호활동으로 외화되었을 것이다.

숲에서 야생동식물은 최소의 삶을 유지하는 반면, 인간은 더 많이 갖고, 더 많은 즐거움을 찾으려 하니 문제가 발생할 수밖에 없다. 이를 해결하기 위해 법과 제도, 캠페인 등이 행해진다. 국립공원, 군·도립공원, 백두대간, 천연보호구역, 보전산지 등은 보전과 이용의 갈등 속에서 중앙정부와 지방자치단체가 '반드시 보호해야 할 지역'이라는 사회적 합의가 만들어진 공간이다.

그러면 중앙정부, 지방자치단체가 지정한 보호지역을 제외한 다른 숲에서는 뭐든지 할 수 있을까? 물론 그렇지 않다. 숲은 특성과 이용하는 사람들의 유형에 따라 할 수 있는 것과 하면 안 되는 것이 있다. 임도는 숲을 관리하기 위한 목적으로 만들어진 길이다. 숲을 단순 통과할 목적이나 숲의 일정 지점에 도달할 목적으로 차량을 운행해서는 안 된다. 산악자전거는 어떨까?

우리나라의 자전거 인구는 3백만 명을 넘어섰다고 한다. 이제 자전거는 교통수단만이 아니라 여가, 스포츠 등으로 활용범위가 더 확대될 것이다. 사회적인 측면에서 자전거가 친환경교통수단인 점은 분명하다. 자전거 이용을 권장하고 자전거 전용도로, 안전장치 마련 등을 고려하는 이유이다. 자전거에 대한 관심이 큰 만큼 자전거 이용자도 자전거와 타 교통수단, 자전거와 생명체 등의 관계를 고민해야 한다. 최근 이용자가 늘어나고 있는 산악자전거는 관계 속에서 자전거를 다시 생각하게 한다.

숲에서 자전거를 탄다고 상상해보자. 자전거를 타고 숲에 난 길을 다닐 때, 그 길이 찻길이라면 차와의 관계가 형성되고, 그 길이 사람이 다니는 길이라면 사람과의 관계가 형성된다. 차와의 관계에서 자전거는 약자이지만 사람과의 관계에서 자전거는 강자가 된다. 자전거는 사람의 걷는 속도와 방향을 방해하기 때문이다. 또한 숲에서 자전거를 탄다는 것은 숲의 환경으로서는 이질적인 측면이 있으니 숲 생태계에도 영향을 주게 된다.

숲은 사람의 발길만으로도 훼손된다. 넓혀지고, 깊어지고, 물길이 생기고, 이게 시발점이 되어 산사태까지 난다. 알면서도 사람들의 다님을 막을 수 없으니 등산로를 복구하고 복원해야 한다. 또 넓혀진 산길을 좁히고, 파인 곳엔 돌이나 흙을 채워 넣고, 횡 배수로를 만들어 등산로가 물길이 되지 않도록 해야 한다.

산악자전거는 사람의 발길보다 더 강한 파임 현상, 주변 식물의 눌림, 숲을 자유로이 왕래하는 야생동물과의 충돌을 일으키게 된다. 이는 자전거를 타는 사람의 입장에서도 바라는 바가 아닐 것이다. 그러면 우리나라에서는 산악자전거가 사라져야 할까? 이에 대해서는 중앙정부와 지방자치단체가 답해야 한다.

숲에 어울리지는 않지만 인간의 여가와 스포츠로 산악자전거를 인정한다면 이는 국민 복지 차원에서 접근하면 된다. 중앙정부와 지방자치단체는 일정 지역, 정해진 구간을 산악자전거 전용 길로 지정하면 된다. 보호지역이나 등산 활동, 생태적 가치, 숲의 기능 등을 훼손하지 않으면서, 과한 시설을 하지 않는다는 전제하에. 그래야만 산악자전거를 타는 사람도 자유롭게 된다.

숲의 주인은 누구일까. 숲은 야생동식물과 인간이 공생·공존하는 장소인 것은 분명하다. 하지만 야생동식물이 제대로 살 수 있어야만 인간도 생존할 수 있는 곳이다. 그러니 숲 생태계를 해칠 위험이 있는 인간의 활동은 더 많은 고민과 신중한 검토, 제도적 장치가 요구된다.

　마지막으로 한 가지만 덧붙이자면 법, 제도보다 숲 안에서 우리가 얻는 것들이 지속되려면 숲과 숲에 사는 야생동식물의 입장에서 생각하는 자연스러움이 있어야 한다는 점이다. 규칙보다는 공감이 우선되어야 한다.

* 이 글은 「산사랑」 2012년 11+12월호
(한국산지보전협회 발간)에 실었던 글입니다.

'걸어서 성삼재도로'

성삼재도로의 역사 그리고
도로로 인한 지리산국립공원의 변화

2017년은 지리산이 국립공원으로 지정된 지 50년이 되는 해이다. 지리산엔 2천 년 전부터 사람이 살았다고 한다. 그보다 수만 배의 시간 전부터는 생명체가 살았을 것이니, 고작 50년을 놓고 뭔 호들갑이냐 하겠다. 그럼에도 2017, 50 등의 숫자에 마음이 가는 이유는 뭘까?

노고단, 반야봉, 백무동 등 지리산 곳곳은 나름의 이유가 있는 이름이 붙여져 있다. 삼한시대 때 수비 성터였던 성삼재는 성이 다른 세 명의 장수가 지켰다는 것에서 유래되었다 한다. 먼 과거의 어느 날부터 그냥 점으로 존재하던 성삼재가 길, 도로란 이름의 선이 된 것은 일제강점기 때이다. 일제강점기 일본인들은 지리산의 목재를 빼내 가기 위해 성삼재에 길을 만들었다. 목재수탈용 길, 성삼재도로는 태생부터 지리산의 아픔을 전제로 한 도로였다. 그렇게 선이 된 성삼재 길은 한국전쟁 전후 빨치산 토벌 명목의 군사작전도로가 되었다. 오늘 우리가 보는 성삼재도로와는 다른 모습의 성삼재 군사도로에는 구불구불한 비포장 길을 따라 군용트럭이 오갔을 것이다.

성삼재도로가 지금의 모습을 갖게 된 것은 1985년 국제부흥개발은행(IBRD) 차관 등 68억 원의 예산으로 천은사에서 성삼재를 거쳐 반선을 잇는 8미터 폭의 포장도로를 건설하면서부터다. 당시 정부는 성삼재도로 확포장 이유를 1988년 서울올림픽을 보기 위해 우리나라를 찾는 외국인들에게 지리산을 편하게 관광하도록 하기 위해서라고 했다. 그리고 지방도 861호라고 이름 붙였다.

성삼재도로가 생기면서 버스, 승용차가 성삼재까지 올라가게 되었다. 성삼재에서 노고단 정상까지 1시간이면 오를 수 있다는 걸 알게 된 사람들은 더 이상 중산리, 백무동, 뱀사골, 화엄사 등을 지리산 산행의 시작점으로 택하지 않았다.

성삼재도로 개통 이후 지리산국립공원을 찾는 사람들의 약 50% 정도가 성삼재를 통해 지리산에 올랐다. 연간 40만 대 이상의 차량이 성삼재를 이용하였다. 한 연구결과에 의하면, 성삼재도로가 포장되면서 그 전과 견줘 지리산국립공원 탐방객 수는 2배 이상 늘어났고, 노고단을 오르는 사람도 7배 이상 증가했다고 한다. 그리고 1991년 성삼재엔 11,670제곱미터 규모의 주차장이 세워졌다.

결국 7배나 많은 사람들의 발길에 초토화된 노고단 정상부는 1991년부터 10년간 전면 통제되었다. 성삼재도로의 포장을 결정한 사람들은 알고 있었을까? 성삼재도로 포장이 지리산국립공원 생태계와 이용 행태를 바꾸고, 1100미터 높이의 성삼재가 도떼기시장으로 변할 것이란 사실을.

반야봉에서 바라본 성삼재도로

지리산국립공원 성수기라 하는 5월, 7~8월, 10월에 성삼재도
로를 이용해본 사람이라면 성삼재 주차장으로 들어가려는 차량
으로 도로가 주차장이 된다는 사실을 알 것이다. 국립공원 안 도
로가 주차장이 되는 현실, 1100미터 급경사를 오르는 차량들의
고개 운전, 잦은 브레이크 사용으로 인한 타이어 타는 냄새 등
성삼재를 정점으로 그 주변은 아수라장이 된다.

2006년 진행된 '걸어서 성삼재도로'

　성삼재도로를 이대로 놔두는 건 지리산에 사는 야생동식물만
이 아니라 사람에게도 좋지 못하다. 이런 생각은 '성삼재도로의
이용 개선'을 위한 활동으로 모아져 2006년 9월 우원식 국회의
원과의 공동 토론회, 2006년 12월 지리산권 종교·시민단체 연
석회의, 2007년 3월 전문가 간담회, 2007년 9월 지역주민 대화
마당 등을 진행하였다. 이와 함께 국립공원을지키는시민의모임
과 지리산생명연대는 '1년에 하루는 걸어서 성삼재까지!'란 주제
로 성삼재도로 걷기를 하였다.

　성삼재도로 이용 개선을 위한 여러 단위의 노력에 힘입어 국립
공원관리공단은 2007년 '지리산국립공원 성삼재, 정령치 도로이
용체계 개선계획 연구'(이하 성삼재도로연구)를 진행하였다. 드디

어 뭔가 달라지나 싶었다. 그러나 성삼재 도로변에 사는 주민들과의 의견 교환, 조율, 공생 대안 논의 등을 충실히 진행하지 못한 성삼재도로연구는 뱀사골 주민들의 강력한 항의에 멈출 수밖에 없었다. 성삼재도로연구는 성삼재도로 이용체계 개선의 선행조건으로 '지역주민과의 공감대 형성'이란 선언적 문구만을 남긴 채 마무리되었다. 아쉬움이 많은 연구였다.

그로부터 9년이 흐른 지금, 다시 성삼재도로를 이야기할 수밖에 없는 건, 시간이 흐를수록 성삼재도로는 더 많은 차량이 더 많은 사람을 실어 나르는 기능밖에 못하고 있기 때문이다. 그리고 2017년, 지리산국립공원 지정 50년이란 계기가 지리산국립공원과 성삼재도로를 다시 한번 생각하게 하기 때문이다. (2016. 03. 16)

5장

함께 꿈꾸는
세상

꿈을 꾸는 된장녀, 된장남

국립공원을지키는시민의모임(약칭 국시모)에는 '울타리 없는 텃밭'(약칭 울터)이란 게 있다. 울터는 국시모 회원들이 지리산 자락 주민들과 만나 노동하는 모임이다. 올해 울터 계획은 오미자효소와 된장 만들기다.

오미자효소는 '돈을별오미자계'란 이름으로 지난 9월 계원을 모집하여 효소를 담았고, 내년 1월 효소를 거르는 대사를 앞두고 있다. 오미자효소를 담고, 거르고, 분배하는 일은 흥미롭고 신나고 일이다. 그래서 계원들은 효소를 가져가는 일보다 만나는 날을 기다리고 있다. 계주인 나는 계원들이 그리 생각하리라 믿고 있다.

된장을 만드는 일은 겁 없이 시작한 일이다. 홍현두 교무(원불교)가 원불교 영산식품에서 장 담그는 일을 했었다 하여 '장'을 담고 싶다는 마음만 가지고 벌인 일이었다. 콩을 심어 된장 담글 사람들을 '콩에서 된장까지'란 이름으로 모집했다.

'콩에서 된장까지' 회원들은 구례여성농민회로부터 받은 토종 콩을 각자 가지고 있는 텃밭에 심어 11월 수확하였다. 콩 수확 결과는 기대 이상과 완전 저조로 나뉘었다. 콩이란 콩은 모두 고라니에게 바친 완전 저조 회원들은 고라니를 밭에 들어오지 못하게 하지 않는 한 콩 농사를 지을 수 없을 거라고 했다. 고라니에게 한글을 가르치는 일이 우선되어야 한다고. 품었다. 콩밭과 고라니 이야기를 들으며 고란이의 토실토실 살찐 뒷다리와 해맑은 눈이 생각났다.

고라니로부터 무사했던 콩을 모아 12월 둘째 주 메주를 담갔다. 장 담그기는 여성이라면, 어머니라면, 우리 맛을 찾는 사람이라면 누구나 꿈꾸는 일이다. 꿈을 현실로 만드는 된장녀와 된장남의 활약, 이제 기대하시라!

콩을 삶으려면 화덕을 설치하고 큰 솥을 깨끗이 씻어 불 땔 준비를 해야 한다.

먹음직스럽게 삶은 콩

짐 옮기기

12월 9일 메주 만들기에 필요한 콩, 가마솥, 장작, 볏짚 등을 옮기러 지리산사람들 사무실에 사람들이 모여들었다. 차를 마시는 얼굴에 잠시 비장함이 오갔다. 원불교 동원교당, 지리산사람들 사무실, 토지 채목장, 마산 정신화 님 집 등 각지에 흩어져 있는 메주 만들기 준비물이 섬진강 가 박두규 시인 집으로 옮겨졌다.

장작 만들기

채목장에서 가져온 나무로는 콩 삶기가 어려울 것 같아 고민하던 중 섬진강 가로 떠내려온 참나무가 보였다. 톱을 들고 섬진강으로 내려갔다. 비취색으로 빛나는 섬진강을 바라보며, 메주를 만드는 일이 신비롭게 느껴졌다.

나무를 장작으로 만드는 일, 도끼질은 상당한 기술이 필요하다. 아이, 어른 모두 관심을 표했으나 "도끼가 문제다, 나무가 질기다"란 말만 무성히 오갔다.

화덕 만들기와 가마솥 걸기

화덕을 만들어야 가마솥을 걸 수 있고, 그래야 콩을 삶을 수 있다. 시멘트 벽돌을 쌓고, 진흙으로 구멍을 막으니 훌륭한 화덕이 되었다. 화덕에 가마솥을 걸고 장작불을 지피기 시작했다.

콩 씻기

콩 80킬로그램을 씻는 일도 만만치 않았다. 콩을 미리 씻어 놓으면 편하긴 하지만 영양가가 높은 콩 껍질이 벗겨져 못쓰게 되니, 삶기 직전 씻어서 8시간 정도 불려야 한다.

콩 삶기

가마솥에 콩 20킬로그램을 넣고 적당량의 물을 부어 장작불을 땠다. 김이 나고, 콩 익는 내가 났다. 달아오른 가마솥이 넘칠 때마다 찬물에 헹군 수건으로 가마솥 뚜껑을 닦아줬다. 그 순간 끓어 넘치던 콩 삶던 물이 한풀 꺾인다. 거짓말처럼 가라앉는다.

콩을 삶는 동안 이야기꽃이 피어났다. 홍현두 교무에 의하면 콩 삶기는 삶은 콩을 엄지와 검지로 눌렀을 때 이물감이 없어야 한단다. 최상의 시점에 장작불을 빼낼 수 있는 경지는 오랜 시간이 흘러야만 가능한 일이다.

삶은 콩 으깨기

콩이 적당하게 삶아지면 으깨야 한다. 절구에 빻는 게 최상이겠지만 절구가 없을 때는 포대에 넣어 밟는 것도 좋은 방법이다. 으깨진 콩에선 구수하고 고소한 냄새가 풍겼다.

메주가 만들어낸 풍경

메주를 만들던 12월 10일은 날씨 변덕이 심했다. 아침에 맑던 날이 오후에 접어들며 눈발이 날리기 시작하더니 지리산도 섬진강도 희뿌옇게 보였다. 박두규 시인 집 안에서 눈 내리는 섬진강을 바라봤다. 정말 멋졌다. 비슷한 생각을 가진 여럿이 공동의 목표를 향해 노동하는 일은 힘겹지만 뿌듯한 일이었다.

된장 만들기를 책임지는 홍현두 교무는 잠시도 가마솥을 떠나지 않았다. 그가 가마솥 곁을 떠나지 않으니 그의 주변으로 사람들이 모여들었고, 메주와 된장은 세상을 이야기하도록 했다.

한쪽에선 먹고, 한쪽에서 일하고

잘 먹어야 한다. 잘 먹어야, 열심히 일할 수 있으니 노동하는 날은 잘 먹어야 한다. 쌀밥에 김장김치, 이런 날이면 한자리 차지하는 수육이 먹는 사람, 일하는 사람 모두를 기쁘게 했다.

메주 만들기

메주 만들기는 손재주와 인내를 요한다. 한자리에 앉아 2.5킬로그램 무게의 메주를 여러 번 치대야 한다. 처음엔 재미있을 수 있으나 시간이 갈수록 손목, 어깨, 허리가 찌릿찌릿 저려온다. 앉았다가 일어서고, 무릎을 꿇었다가 허리를 세우고, 어깨를 돌리다가 다리를 뻗고, 그럴 때마다 메주는 제 꼴을 찾아갔다.

메주 탄생

하늘과 주변 생명체의 도움으로 세상에 나온 콩이 우리의 힘으로 삶아지고, 으깨지고, 다져져서 메주가 되었다. 12월 10일 아이 메주, 어른 메주, 다양한 사람들의 손을 거친 사연 많은 메주

101개가 탄생했다.

 사람들은 궁금해한다. 2008년 구례에 자리 잡은 우리가 지리산자락에서 하고 싶은 일이 무엇인지? 메주를 만들며 생각했다. 우리가 지리산자락에서 하고 싶은 일은 사람들과 어울려 소박하고 평화롭게 살아가는 일이 아닐까, 일상을 소중히 생각하며 더불어 살아가는 게 아닐까 하고. 메주는 꿈을 앞당기는 귀한 물건이다. (2011. 12. 16)

오미자효소는
그냥 만들어지지 않는다!

누군가 말했다.

"오미자효소, 그거 생오미자하고 설탕하고 섞어놓으면 되는 거 아냐?"

"빨래야 세탁기가 하고, 뭣 하러 힘들게 해, 된장이야 그냥 사면 되지."

나도 그런 줄 알았다. 엄마가 바느질한 이불을 덮고, 엄마가 빨아준 신발을 신고, 엄마가 기워준 양말을 신을 때는 그런 줄 알았다. 그런데 내가 해보니 시간과 노력 없이 되는 일은 없었다.

몸을 움직이는 힘듦 속에는 행복도 있었다. 이불을 씻을 때면, 아이의 운동화를 빨 때면, 바늘에 실을 꿸 때면 번거롭고 궁색 떠는 듯한 일이 마음을 평화롭게 하였다. 번거롭지만 기쁨을 주는 일, 오미자효소와 된장 만드는 일은 그런 일 중 하나이다.

사람들은 나에게 '오미자효소 광신도'라 한다. 목이 아플 때, 여름철 기운이 없을 때, 초기 감기에는 오미자효소가 최고라고 말하는 내가 신들려 보일 때가 있다고도 한다. 맞다! 나는 오미자효소에 약간은 미쳐 있다. 또 혼자 미치기 아까워서 '돈을볕오미자계'를 만들어 사람들과 함께 담고, 함께 거르고, 함께 나누고 있다.

1월 14일은 '돈을별오미자계'가 오미자효소를 거르는 날이었다. 오미자효소를 지극히 사랑하는 계원들은 기다렸다고, 꼭 오겠다고 하였다. 그런데 1월 11일, 12일, 13일… 14일이 가까워지니 계원들은 미안하다는 메일과 문자를 보내왔다.

하필이면 그날 아들이 먼 여행을 떠난다고,
하필이면 그날 집주인이 재계약을 하자고 한다고,
하필이면 그날 나는 외국에 있다고,
하필이면 그날 결혼식이 있다고,
아! 하필이면 그날 왜 이런 많은 일들이 일어나야 할까?
하필이면 그날.

오미자 액을 거르고,
남은 알맹이를 항아리에
담아 술을 부었다.

하필이면 그날, 오미자효소를 거르기로 하였으니 많은 계원들이 올 수 없어도 어쩔 수 없다. 모이는 사람끼리 할 수밖에. 그리하여 계원 3명과 친구들 1명, 비계원(구례에 산다는 이유로 불려나온) 3명이 오미자효소 거르는 일에 함께하였다. 하늘은 맑으나 겨울답게 코끝이 시리던 1월 14일, 오미자효소 항아리가 있는 구례 간전면 논곡마을 뒷산 '나무를심는사람들' 농막에 모여 일을 시작하였다.

항아리를 열자 농막 가득 오미자효소 향이 번졌다. '돈을볕오미자계'의 오미자효소는 작년 10월 7일 유기농 생오미자와 공정무역 설탕을 1대 1.1의 비율로 배합하여 항아리에 담갔다. 그 뒤 한 달 동안은 3일에 한 번씩 저어줬고, 설탕이 완전히 녹은 두 달 동안은 항아리에서 발효되고 있었다. 남다른 빛깔, 향기와 맛은 질 좋은 생오미자와 설탕, 시간과 정성이 빚어낸 결과이다.

한 방울의 효소라도 더 짜내기 위해 손으로 '꽈악'. 오미자효소 작업에서 가장 고난이도 노동이다. 어깨에 힘이 가고, 손목이 아프고, 허리까지 뻐근해졌다. 작년 여름 지칠 때마다 오미자효소를 마셨다고, 정말 좋다는 이야기가 적절한 시점에 오간다. 목포에서도 '오미자계'가 만들어질 예정이라는 기쁜 소식도 전해졌다.

오미자효소 찌꺼기를 술 항아리에 담아 술을 부었다. 이제 3개월 뒤면 오미자효소도, 오미자술도 더 깊은 맛을 낼 것이다. 씻고, 닦고, 가지런히 하고, 뒷설거지를 끝내니 낮 2시가 되었다. 일에 요령이 생겨서인지, 숙련 일꾼들이어서인지 생각보다 빨리 일이 마무리된 셈이다.

　3기 '돈을볕오미자계'는 4월 15일 오미자효소와 오미자술을 분배하면 자동 해산된다. 8월 중순, 4기 '돈을볕오미자계' 계원을 모집한다. '돈을볕오미자계'는 오미자효소 만드는 일을 통해 공동노동과 노동쿠폰 발행, 건강한 먹을거리 나눔, 유기농 지역농산물과 공정무역 물품 소비 등을 실천하려 노력한다.

　오미자효소와 사랑에 빠지고 싶다면, 공동노동의 기쁨을 누리고 싶다면, 적극적으로 노동에 참여하여 노동쿠폰을 얻고 싶다면, '똑똑똑' 돈을볕오미자계의 문을 두드리면 된다. (2012. 01. 31)

오미자효소,
질기고도 애틋한 인연

　　당신은 인연에 대해 어찌 생각하는가! 인연이란 참 묘하여 의미 있게 만나 연기처럼 사라지는 인연도 있고, 스치듯 만나 질기게 곁을 맴도는 인연도 있다. 인연이란 환희로운 단어가 '질기게'와 어울릴까 싶지만, 대부분의 인연이 한번쯤은 '이제 그만'을 떠올리게 한다. 인연은 질기고도 애틋한 일임에 틀림없다.

　　내가 오미자효소를 처음 만난 것은 2004년이다. 우연한 기회에 만난 오미자효소가 목에 좋다는, 그냥 좋은 게 아니라 대단히 훌륭하다는 것을 체험한 뒤 오미자효소 광신도가 되었다. 감기에도 오미자효소, 목이 아플 때도 오미자효소, 몹시 지쳤을 때도 오미자효소, 더울 때도 오미자효소, 시도 때도 없이 오미자효소를 말하게 되었다. 내가 오미자효소에 대해 말할 때면 눈빛이 달라진다는 사람들도 있다. 접신의 경지라고, 쩝!

　　2008년 지리산자락으로 내려온 나는 '돈을볕오미자계'(이하 오미자계)를 만들어 여러 사람들과 오미자효소 만들기를 하였다. 오미자효소가 사람들과 나를 이어줄 거란 믿음이 있었기 때문이다. 오미자계는 오미자효소를 만들어 먹는 모임이다. 오미자효소를 만들되 시작과 끝을 함께 한다는 원칙과 여력 되는 사람들의 공동노동을 전제로 한다는 특징이 있다. 매년 9월쯤에 결성되는 오미자계는 계원들이 낸 돈으로 생오미자와 설탕을 구입한다. 오미자계 자산은 항아리에 담근 뒤 3개월 동안 저어주고, 3개월 동안 숙성시킨 후 다음 해 4월쯤 만들어진 오미자효소 총량을 계원 수로 1/n하면서 마무리되는 '8개월 지속 단기성 계'라 할 수 있다.

2011년 9월 시작해 2012년 4월 마무리된 3기 오미자계에는 26명이 함께 했다. 3기 오미자계는 노동쿠폰을 발행해 4장의 노동쿠폰을 모으면 오미자효소 1병과 바꿀 수 있게 하였다. 모두를 위한 노동에 기꺼이 마음을 내준 계원에 대한 대가라고 할 수 있다. 1기와 2기, 3기를 거쳐온 오미자계는 스스로 만든 오미자효소에 대한 자부심이 강하다. 백두대간 자락인 상주에서 생산된 생오미자에 공정무역 유기농 설탕으로, 항아리에서 발효, 숙성되니 당연한 자부심이라 생각된다.

2012년 4월 15일은 3기 오미자계가 마무리되는 날이었다. 서울, 목포 등에서 온 계원과 구례에 사는 지인들이 모여 항아리에서 숙성되고 있는 오미자효소를 나누었다. 그리고 오미자술과 건더기를 분리해 술병에 담았다. 설거지와 불가피하게 참석하지 못한 계원들에게 택배 보내는 일도 마무리 날 해야 할 일이다. 마무리 날이야말로 머리가 아닌 힘이 필요한 날이다. 그래서 이날 참석한 계원과 지인들에게는 오미자술이 한 병씩 지급되었다.

오미자는 껍질과 살이 달고 시며, 씨는 맵고 쓰다고, 또 껍질과 살, 씨는 모두 짠맛이 난다고 한다. 오미자의 다섯 가지 맛은 우

이날 참석한 계원과
지인들에게는 오미자술이
한 병씩 지급되었다.

3기 돈을볕오미자계를
마무리하는 날, 구례
간전에 있는 작은 농막은
수공업 협동농장이 되었다.

리 몸을 기운차게 한다. 단맛은 위와 비장, 쓴맛은 심장과 소장, 매운맛은 폐와 대장, 짠맛은 신장과 방광, 신맛은 간과 담에 좋다고도 한다. 오미자에 대한 이러저러한 이야기는 오미자계를 웃음 짓게 하는 말들이다. 흐뭇하게 하는 말들이다.

오미자효소도 좋고, 오미자계도 좋다. 하지만 모든 모임이 그렇듯이 오미자계가 나만 건강하면 된다는 식이면 곤란하다. 모두가 건강하게, 기쁨을 나누는 모임이 되려면 원칙에 충실하되 더 많이 나눌 수 있도록 노력해야 한다. 올해 8월쯤 모이게 될 4기 오미자계는 공동노동의 의미를 살리고, 지역사회와 함께할 무엇인가를 고민해야 함은 오미자계가 작지만 소중한 꿈을 꾸기 위한 당연한 일일 것이다.

당신은 인연에 대해 어찌 생각하는가! 혹시 오미자효소와 질긴 인연을 시작하고 싶다면, 오미자계에 들어오시라. 그 순간 인연의 묘함을 체험하게 될 테니까. 질기고도 애틋한 인연으로 삶의 기쁨을 느낄 수 있을 테니까. (2012. 04. 29)

나에게 된장은 약이다

된장찌개를 좋아한다. 나에게 된장은 음식 이상이어서, 속이 안 좋을 때 된장찌개를 먹으면 속이 편해진다. 그러니 내게 된장은 약이다. 어머니가 주신 된장과 흡사한 맛을 내는 된장을 만들겠다고 나선 이유는 고집이 아니라 몸이 절실히, 몸을 따라 마음도 원했기 때문이다.

이웃들과 된장을 담그기로 했다고 하자 어머니는 '네가?'라고 놀라면서 대견해하셨다. 추석 지나 집에 들른 나에게 어머니는 된장이 어찌되었냐고 물으셨다. 작년 된장, 어찌되었을까?

작년 된장, 여러 사람들이 맛을 보고, 고개를 갸우뚱했다. 어찌 이런 맛이 났을까? 신맛이 난다고 했다. 살릴 방법도 없다 했다. 작년 된장 만들기에 함께했던 분들에게 미안하고, 이 많은 된장이 버려진다니 아깝고, 우리가 만든 된장을 먹을 수 없다니 아쉬웠다. 실패는 성공의 어머니라고 애써 위안하며 미안하고 아깝고 아쉬운 마음을 눌렀다.

올해, 우리는 된장 만들기에 다시 도전했다. 된장을 내 손으로 만들면서, 된장을 담그기 위해서는 많은 것들이 조화되어야 함을 알았다. 콩이 있어야 하고, 메주를 만들어야 하고, 볏짚과 소금, 항아리만이 아니라 물, 햇살, 바람, 뜨끈한 아랫목 등이 존재해야 함을, 무엇보다도 정성과 시간, 노동이 있어야 함을 알게 되었다.

12월 1일 섬진강 가 박두규 시인 집에 모인 국립공원을지키는시민의모임 '울타리없는텃밭' 된장계원들은 홍현두 교무의 설명에 따라 장작을 나르고, 가마솥 뚜껑을 닦고, 삶은 콩을 옮기고, 메주를 만들었다.

메주 만드는 일은 '적당히'의 반복이다. 8시간 이상 불린 콩을 가마솥에 넣고 소나무로 장작불을 피워, 엄지와 검지로 눌러 '적당히' 이겨질 정도로 '적당히' 삶아, 기계와 손발을 이용하여 '적당한' 크기로 부순 뒤 '적당한' 힘을 이용하여 메주를 만들었다. 하, '적당히'란 단어, 대체 '적당히'란 무엇일까? 홍현두 교무가 이야기한 '적당히', '적당히'에 대한 판단은 각자가 해야 한다. '적당히'는 정말 힘든 일이다.

메주 만드는 일은 사람과 만나는 일이기도 했다. 일하는 중에 간간이 모인 사람들이 사는 이야기를 했다. 나무에 대해서, 집에 대해서, 마을에 대해서, 이야기꽃을 피웠다.

된장 담그는 일은 먹는 일이기도 했다. 틈을 내어 수육을 먹고, 막걸리를 마시고, 떡국을 끓여 먹고, 과일과 차를 마시고, '다 먹자고 하는 일이잖아.'는 이런 경우에 딱 맞는 말이다. 이야기하고 먹고, 만들고 웃고, 해거름쯤에 메주가 완성되었다.

메주를 만든 다음 날, 섬진강엔 비가 내렸다. 메주가 말라야 하는데, 바람과 햇살에 겉면이 꼬들꼬들 말라야 하는데, 애가 달았다. 창을 열고, 밖에 나가 손바닥을 펼쳐보고, 하늘을 보고, 지리산과 백운산을 바라보고, 참 오랜만에 비가 그치기를 기도했다. 낮 12시쯤 해가 나오고 바람이 불었다.

　나에게 약인 된장, 된장이 약일 수 있는 이유는 아마도 햇살과 바람, 어머니의 정성이 가득하기 때문일 것이다. 다음 해 어느 날, 메주가 된장으로 되는 날, 행복해할 사람들의 모습이 그려진다. (2012. 12. 06)

메주를 만들어 가지런히 놓고, 잘 말리고 띄워서 장독에 넣는다.

일도 마음도 골고루

서울생활을 정리하고 지리산 자락으로 내려오던 그날, 세상엔 눈발이 날렸다. 밤재터널을 통과하면서 참았던 눈물이 흘렀다. 서운함과 기대가 엉킨 정체가 분명치 않은 눈물이었다.

2008년 11월 20일, 구례는 따뜻한 곳이었다. 겨울이면 손발이 시려 삶 자체가 움츠러드는 내게 구례는 따뜻함을 선물해줬다. 날도, 사람도, 집도 따뜻했다. 구례에 내려와 맞은 첫 동짓날엔 이웃들과 팥죽을 나눠 먹었다. 집들이를 겸한 구례 입성 신고식이었다. 그날 이후 동지팥죽과 동치미는 구례 사람들과 우리 가족을 연결하는 매개체가 되고 있다.

안산과 수원, 서울 중곡동, 낙성대 등을 떠돌다 연신내에 정착한 게 1998년 11월이니 연신내에서 꼬박 10년을 산 셈이다. 연신내에서의 10년을 회상할 때면, 북한산국립공원, 진관사, 물빛공원 등이 떠오른다. 지금보다 젊었던 그때, 나는 연신내에 사는 사람들과 두부를 만들고, 술을 담고, 산에 오르고, 새벽까지 술자리를 떠돌았다. 행복한 날들이었다.

가끔씩 의문이 든다. 행복했던 연신내 삶을 정리하고 구례로 내려온 이유가 뭘까? 지리산이 불러서일까, 따뜻함을 찾아서 남쪽으로 온 걸까, 그 이유가 무엇인지 정리되진 않지만 어쨌거나 나는 운 좋게 구례로 내려왔다.

구례로 온 나는 맘 동할 때면 지리산에 오르고 싶었고, 사람들과 맘껏 함께 나누며 살고 싶었다. 지리산에 오르는 일이라, 생각해보니 지리산 케이블카 덕분에 노고단을 쉼 없이 오르내렸다. 눈 감으면 노고단의 여러 빛깔이 삼삼히 떠오른다.

구례로 내려와 사람들 속에서 웃고 울고 싶었던 나는 '울타리 없는텃밭'(이하 울터)을 시작했다. 울터는 혼자서는 엄두가 나지 않는 일을, 다른 사람들의 지혜와 힘을 빌려서, 즐기면서 하고 싶다는 욕구가 만들어낸 것이다.

울터는 국시모 회원들의 계모임으로 지리산자락에서 이뤄지는 일이니 '지리산사람들' 회원들의 참여가 높다. 울터는 함께 노동하고 적정하게 분배하며 반드시 기부하겠다고 말하지만 공동노동에 빠지는 사람도 많고, 반드시 기부하지도 못하고 있다. 점차 좋아질 것으로 기대한다.

2013년 울터는 돈을별오미자계, 된장계, 김장계 등 3종류였다. 2009년 시작한 돈을별오미자계는 울터의 장수, 인기 계모임이다. 4기 계가 마무리된 4월 14일에는 계원과 계원 가족, 지인 등 20명이 참석하여 계의 활성화를 위한 제안, 공동 노동, 오미자효소의 효능에 대한 폭발적 간증(?) 등이 이어졌다. 15명이 참석하고 있는 5기 계는 9월 30일 시작하여 현재 진행 중이다. 2014년 4월, 맛난 오미자효소와 술을 나눠 갖게 될 것이다.

된장계는 홍현두 회원이 있어 가능한 계모임이다. 남원 산동교당 교무인 그는 과거 원불교에서 장 만드는 일을 했던 노하우를 된장계에 쏟아 붓고 있다. 된장계가 만들어낸 된장이 맛난 이유는 그의 손맛에 있다.

2013년, 3기를 맞이한 된장계는 11월 22일부터 24일까지 캠프로 진행되었다. 된장 만드는 일은 캠프로 진행한다. 아마 국내 최초일 것이다. 메주를 만들기 위해 서울, 대구, 전주, 남원, 구례 등에서 모인 16명의 계원들은 따뜻하고 행복한 시간이었다고 했다.

1, 2기 때는 아침 일찍 만나 밤늦게까지 온통 일만 했는데 이번에는 일도 하고, 책도 읽고, 산책도 하고, 된장으로 맛있는 음식도 만들어 먹고, 이야기도 하고, 먹을거리에 대한 강의도 듣고, 그렇게 2박 3일을 지냈는데 어찌 행복하지 않을 수 있겠는가!

김장계는 구례에 사는 다섯 가족이 모여 박두규 시인 집에서 했다. 첫날엔 박두규 시인 집에 있는 배추를 뽑아서 씻어 소금에 절였고, 다음 날엔 속을 넣었다. 계원들은 갓 담근 김치를 먹으며

"앗, 이럴 수가? 맛있다."
먹는 재미는 씻고 다듬는
일부터. 김장계의 김장
담그는 모습

어떻게 이렇게 맛있는 김치가 만들어졌는지 의아해했다. 김장추진단장 박애숙 회원의 정성 때문일까.

울터는 엄청나거나 특별한 일을 하진 않는다. 우리 삶에 꼭 필요한 것들, 누구나 해야 할 일들을 함께할 뿐이다. 봄이면 씨앗을 뿌리고, 여름엔 논과 밭, 야산에서 먹을거리를 찾아다니고, 가을엔 봄과 여름의 기억을 간직하고 있는 것들을 거둬 저장하고, 겨울엔 그들을 바라보며 흐뭇하게 먹을 뿐이다.

생명을 받았으니, 생명을 유지하기 위한 일을 혼자가 아니라 내 가족만이 아니라 이웃과 함께, 이웃과 나누며 할 뿐이다. 그래야 신나고, 힘도 나고, 더 따뜻하고, 맛나다는 걸 알기 때문이다.

앞으로의 울터는 아마도 우리가 원한다면 뭐든 하지 않을까 싶다. 논농사도 함께하고, 고추장도 만들고, 벌꿀도 생산하고, 못할 일이 없다. 그런데 삶을 공유하기 위해선 서로의 생각을 나누는 게 먼저이고, 지속될 수 있는 여건을 만드는 게 중요하다는 걸 깨닫고 있다.

한 사람에 의존된 계모임은 그 사람이 사정이 생기면 거기서 멈출 수 있으니 한 사람에게 집중되지 않게 골고루 나눠야 한다. 또 우리가 살고 싶은 세상에 대한 더 많은 대화가 필요하다. 삶의 눈높이를 맞추는 건, 협력과 배려, 신뢰를 위한 기본이니까!

(2014. 03. 30)

첫 번째 '마실가세', 서로에게 힘이 되어 살아내자

"토금은 숨어 살기 좋은 땅입니다. 구례에서도 첩첩산중이지요. 토금마을에는 산비탈 언덕에 있는 밭이라 하여 '산밭등'이라 부르는 곳이 있는데, 우리는 '삼뱃등'이라 해요. 도선국사가 이곳에 서서 풍수가 너무 좋아 세 번 절을 하였다고 하네요. 토금이요, 다 좋은데 물이 부족해요."

2009년 겨울, 두 남자와 토금마을에 갔었다. 길을 안내한 한 남자의 말이었다. 마지막 말이 마음에 남았다. '다 좋은데 물이 부족해요.' 누구에게나, 어느 곳에나 있는 부족한 한 가지, 그 한 가지가 토금에 대한 여운을 깊게 했다. 우리는 마을 안으로 들어가지 않고, 수원지를 지나 삼뱃등을 넘어 오봉산에 올랐다. 오봉산에서 오르면 섬진강을 볼 수 있다기에 섬진강의 물빛을 보고 싶은 마음에 안내자를 따라 걸었다.

맑고 추운 날이었다. 오봉산에 올라서 바라본 섬진강, 섬진강은 멈춰 있었다. 데미샘에서 시작하여 3개 도, 12개 시군을 거쳐 망덕포구 배알도로 나가는 섬진강. 유역면적(4897km²)과 본류의 길이(225km)로 보면 남한에서 네 번째로 큰 강이라는 섬진강은 잠시 멈춰, 비취빛으로 빛나고 있었다. 섬진강의 멈춤 앞에 세상도 멈춘 듯했다.

강렬했던 비췻빛으로 나의 첫 번째 토금마을 방문은 토금마을에 대한 느낌보다는 섬진강의 물빛으로 기억되었다. 오봉산을 앞산으로 가지고 있는 마을, 앞산에 오르면 섬진강을 볼 수 있는 곳이 토금이었다.

2010년 4월 말, 다시 토금마을에 갔다. 단순 소박한 삶을 꿈꾸는 사람들의 다섯 번째 걸음이었다. 그날 '지리산만인보'는 문척초교에서 만나 월평삼거리를 지나 오봉산에 올랐다가 토금마을과 섬진강 수달서식지 생태경관보전지역을 걸어 백운나루에서 나룻배로 섬진강을 건넜다.

봄날이었다. 초록이 절정인 날이었다. 자운영도, 찔레도, 일본잎갈나무(낙엽송)도 초록으로 표현되고, 초록이 있어 세상엔 평화만 있을 것 같은 날이었다. 토금마을 수원지에 모여 조명제 할아버지로부터 들은 백운암골 이야기와 진도아리랑이 귓가를 떠나지 않는 날이었다.

조명제 할아버지는 토금마을에서도 산으로 더 들어간 백운암골에 살았었다. 한국전쟁 때 빨치산 토벌을 명분으로 백운암골을 소개하여 토금으로 왔다 하였다. 백운암골에 사실 때는 섬진강 너머 토지까지 농사를 지으러 다녔고, 농사 일로 하루 세 번 섬진강을 건널 때도 있었다고 하였다.

그날 조명제 할아버지가 전쟁 시기 좌우대립 속에서 살아난 이야기를 하실 때 지리산만인보에 함께했던 사람들의 눈앞도 흐려졌다. 2010년 4월, 토금은 따뜻한 초록색이었으나 민초들의 삶을 뿌리째 흔드는 세상에 소리치고 싶은 날이었다. 우리를 왜 이렇게 힘들게 하는지 외치고 싶은 날이었다.

토금은 지리산과 섬진강, 백운산을 중심으로 펼쳐진 구례 대부분의 마을과는 다르게, 중심축에서 살짝 비껴난 마을이다. 아니 비껴 났다기보다는 '숨었다'라는 표현이 좋을 수도 있겠다. 구례의 '숨은 그림 찾기' 같은 곳이 토금이다.

'토금'이란 말은 앞산인 오봉산과 마을이 자리 잡은 모양새를 두고 붙여진 이름이다. 오봉산에 있는 바위가 토끼 머리에, 토금 마을은 꼬리에 해당한다. 토끼가 꼬리를 돌아보는 형국이라 하여 토고미(兎顧尾)라 하였다가 쓰기 쉽게 토금으로 하였다고 한다.

토금은 고사리가 유명한 곳이다. 전라남도에서 제일 먼저 친환경 인증을 받은 곳이기도 하다. 마을로 들어서는 입구에도, 마을에서 바라본 앞산에도 고사리가 자라고 있었고, 집집마다 마른 고사리가 가득하였다.

2012년 여름 끝자락, 토금마을에 다시 가게 되었다. 극단 마을과 일파만파, 지리산학교 구례곡성 시문학반, 국시모 지리산사람들이 공동으로 준비하고 있던 '마실가세'의 첫 번째 마을이 토금이었기 때문이다.

마실가세를 준비하느라 마을을 들락거리며 알게 된 토금마을 회관은 이제까지 본 마을회관 중 가장 멋진 곳이었다. 90년 전에 지어졌다는, 고건축의 냄새가 나는 마을회관만으로도 토금마을은 넉넉하고 품위 있게 느껴졌다. 깔끔하게 정리된 마을길과 텃밭 곳곳에서 가을을 만날 수 있어 괜스레 뿌듯해지는 곳이 토금이었다.

'마실가세'는 저녁밥 먹고 두런두런 사는 이야기 하며 나서던 마실, 그런 마실이길 바라며 준비한 마을잔치에 붙여진 이름이다. 옆집에 온 도시 손님이 누구인지 궁금하여 소화시킬 겸하여 나가던, 아프다던 허리는 괜찮은지 달빛 아래 걱정스럽게 옮기던 걸음처럼.

'토금으로 마실가세' 첫 번째 마을잔치에서
이장님이 인사하는 모습. 훈남 스타일 이장님 덕에
마을잔치에 온 어르신들의 입가에도 미소가 끊이지
않았다.

마실가세는 준비하고 진행하고 마무리하는 일을 마을과 함께 하기 위해, 마을을 방문하여 논의하고 결정하고 수정하고 또 수정하길 반복하였다. 번거롭고 일관성 없는 듯하였으나 싫지 않은 과정이었다.

첫 번째 마을잔치 '토금으로 마실가세'는 2012년 8월 25일 낮 3시에 시작하여 저녁 9시에 마무리되었다. 낮 3시 마을회관에서 모인 마을 사진관팀은 마무리 영상을 준비하고, 어머니들은 먹을거리를 준비하였다. 고사리와 고구마순 나물이 무쳐지고, 부추전이 부쳐지고 기름병이 오가고, 말이 오가고, 정이 오갔다.

더위가 꺾이고 햇살이 부드러워지는 시간, 마실가세 참가자들은 마을 돌아보기에 나서 초동서사(草同書舍)까지 걸었다. 초동서사는 겸산(兼山) 안병탁(1903~1994) 선생이 일제강점기와 한국전쟁 후 1957년부터 37년간 문하생을 가르치며 여생을 보냈던 곳이다.

실재하지 않았으나 소설로 유명해진 어느 곳은 북적이는 사람들로 현실이 되었다. 그런데 실재하였으나 인적이 끊긴 초동서사는 마치 영화 속 세트장 같았다. 초동서사도 만언당도 사람들이 오가고, 글 읽는 소리가 들려야 의미가 살아날 것이다.

초동서사를 내려와 저녁밥을 먹었다. 광주에서 온 가족들, 서울에서 내려온 친구들, 구례읍에서 달려온 이웃들이 밥과 고사리나물을 먹었다. 이렇게 맛난 고사리는 처음이라고, 들깨가루도 넣지 않은 나물이 왜 이리 맛있냐고들 했다. 도토리묵도 뭔가 다르다고, 부추전도 특별하다고, 먹고 또 먹고, 어머니들께 감사하며 먹고, 부녀회에 고맙다며 먹었다.

마을잔치는 마현영 이장의 인사로 시작했다. 마실가세가 지리산자락의 그 많은 마을 중에서, 구례에 있는 여러 마을 중에서 토금에서 첫 번째로 열리는 것이 기쁘고 감사하다 하였다. 훈남 스타일 이장님 덕에 마을잔치에 온 어르신들의 입가에도 미소가 끊이지 않았다.

마을잔치의 첫 번째 출연진은 광의에 사는 루 님과 구례여중에 다니는 정혜빈 학생이었다. 루 님은 피아노 연주에 맞춰 자작곡한 노래를 불렀다. 지리산에 사는 기쁨, 구례에 사는 행복이 묻어나는 노래였다. 정혜빈 학생은 많은 어르신 앞에서도 떨지 않고 차분히 연주했다. 어르신들은 딸 같은 루 님과 정혜빈 학생의 연주에 힘껏 손뼉 쳐주셨다.

다음은 어르신들의 이야기를 시로 만들어 낭송하는 차례였다. 조명제 할아버지의 이야기는 황용훈 님이, 최복임 할머니의 이야기는 심진미 님이 읽었다. 시가 낭송되고 영상이 보여지는 내내 어르신들은 웃기도 하고, 슬퍼하기도 하고, 가끔씩 탄성을 지르기도 했다. 남의 이야기가 아니었다. 내 이야기고, 우리 이야기였다.

좋은 날이지, 좋은날 눈이 펑펑 왔응께 을매나 좋아

구술 조명제 할아버지

나가 백운암, 백운마을 사람이제
반란사건 때 마을이 없어져부러서

내려왔제

그전에 어메이가 세 살 묵어 돌아가셨어
긍께 나같이 고생한 놈은 없어
열다섯 먹어 아버지도 돌아가셨제
부모가 없은께 누가 갈쳤겠어

섬어머니가
섬어머니가 나를 키웠어 그래가지고
나를 키웠어 그래가지고
그분이 고맙제 나를 키운 사람이
어머이제 어머니

나같이 고생한 놈은 없어
아 긍께 배 타고, 걸어가서 배 타고
토지까지 농사지어러 댕겼제 하루 세 번
하루 세 번 지게 지고
새벽에 나가 나락 한 짐 지고 오고
밥 묵고 또 한 짐 지고 오고
저녁에 오면
백운마을 가는 중간쯤 오멘 아짐마들이 고개 내밀고
시방은 호강이야

시월 열여드레, 아 갸 누가 중맬 섰더만

선도 안 보고

시월 열여드레인디 장가를 그날 저녁에 갔는디

내가 스물서이고 여그는 열일곱

손맹순, 토지 신촌서 온 사람이여

백운암서 넘어 들어가 자고

아 이 자고 일어난께 눈이 눈이 와버렸어

아 눈이 와가지고 빌어묵을 가도 몬하네

우리 이모 당숙들 다 왔는데

눈이 펑펑 와부렀어

나는 눈이 좋은갑서 비 오는 거보다

좋은 날이지 좋은 날 눈이 펑펑 왔응께 을매나 좋아

그래 내가 오래 사나 봐 이 사람이랑

그래서 내가 오래 사나 봐 눈을 좋아해서

좋은 날이제 장날도

장날은 아무리 바빠도 가요, 그거 영감들 재밌지

내가 인자 가면 저 저 저기 뭐냐

어디냐 거기 아흔네 살 먹은 그 양반 오면 술 받아주지

근디 이 버러지가 장날만 되면 장날만 되면

꼭 갔다 와야 했어 좋은 날인께

인자 을매나 살까

돈 있어 바야 소용없어

내외간에 따순 밥 갈라묵고

그기 그 사는 게 좋은 날이제

우리 사는 이기 좋은 날이라니까!

옛날에는 머리 쪽하고 그랬는디, 어떻게 넘어갔는가 몰라

구술 최복임 할머니

저기, 친정에서 했지, 새뜸

가마 타고

한 번도 본 적이 없어

만나서 그냥 살았어

갖다 대면 그냥 살았지

그래도 우린 좋게 살았어

구 년 살았어, 구 년

딸 둘, 아들 하나거든

구 년인께 많이 난 거지

네 개 낳는데 하나 끊기고

아들 끊기고

밭 매고 논 매고, 농사짓고 그러느라

어떻게 넘어갔는가 몰라

새끼들 키워야지 어떻게 할 거여

고생이 뭔지도 모르고 살았지

이렇게 늙어버렸으니까 몰라

정신없이 키웠으니까 몰라

아들만 갔지

자취하고 살았지

밥해 먹고 살았는데

한번 가본께

밥을 하는디

나오도 모타게 해

어머니 나오지 말라고, 어머니 모탄다고

팔십둘에 집을 졌는데

산에 가서 고사리 끈어 온께

대목들이 자기 어무니랑 동갑이라고

어무니 어찌기 일하시냐고

지금은 암것도 모태

그냥 밥 먹고 노는 게 일이라

노는 것도 돼

자고 나면
뽀도시 일어나
기대고 있다가
걸어 다니면
다리가 아프고, 허리 아프고

여기 올라온 게 일이라
깐딱깐딱 올라와
올라오면 얘기도 하고
백원짜리 화투도 칠 수 있고
딸 때도 있고 또 잃 때도 있고

옛날에는 머리 쪽하고 그랬는디
이젠 뼈따귀만 남았어
살다가 언릉 가야 되는데
어서 가야 할 건디
너무도 오래 살아서
맘대로 안 되네

사람냄새 나는 마을잔치. 어르신들은 자리를 뜨지 못했다.
아쉬움과 고마움이 마을회관에 넘쳐났다. 건강히, 힘이 되어
살아보자고 서로를 다독였다.

　시 낭송이 끝나고 흥에 겨운 조명제 할아버지와 최복임 할머
니, 마현영 이장, 박종순 부녀회장이 노래를 불렀다. 덩실 춤을
춰야 할 노래도 있었고, 강물에 떠나보내야 할 노래도 있었고, 집
에 가서 흥얼거려야 할 노래도 있었다.

　초대손님으로 온 고명숙 님과 지리산자락에 사는 사람들로 구
성된 '일파만파'도 따뜻해진 마음을 노래로 표현했다. 아이 노래,
어른 노래가 따로 없고, 이 마을과 저 마을이 구분 없이 모두가
하나 되는 자리였다. 어설프게 준비된, 우선 판을 벌이자 하여 시
작된 마실가세는 이렇게 나름의 의미를 찾아가고 있었다.

마지막 순서로 마을 영상이 올라갔다. 지리산만인보가 걸었던 사진과 토금마을을 드나들며 찍었던 사진, 마현영 이장이 찍은 사진이 마을회관 벽에 비춰지자 어르신들의 눈이 동그래졌다. 자네네, 우와 뭐하는 거, 에고 힘들겄다…. 밖은 어두워지고, 첫 번째 마을잔치 '토금으로 마실가세'도 끝이 났다.

"오늘, 함께 준비한 마을잔치가 끝났습니다. 늦은 시간까지 자리를 지켜주서서 감사합니다. 긴 세월 이곳에서 살며 토금을 사람 사는 곳으로 만들어주신 어르신들, 정말 감사합니다. 어두운 밤길, 조심히 가십시오."

끝났음을 알리는 사회자의 말이 있었으나 어르신들은 자리를 뜨지 못했다. 아쉬움과 고마움이 마을회관에 넘쳐났다. 건강히, 힘이 되어 살아보자고 서로를 다독였다. (2012. 09. 25)

248

'숨은샘 영화제' 첫 상영작 〈굿바이〉

숨은샘 영화제. 영화제 제목이 그게 뭐냐고, 음침하고 우울하다고, 밝고 경쾌한 걸 다시 생각해보라고들 했다. "그렇기도 하네."라고 생각하면서도, 다른 단어들이 떠오르지 않았다. 천은사에서 하는 영화제(말이 영화제지 이것 역시, 그냥 영화 두 편 보는 행사였다.)니, 숨은샘(천은의 한자 표기는 泉隱이다.)이 제격이라고 마음먹었기 때문이다. 한번 가버리자 세상의 다른 것들이 다 시시하게 느껴지다니, 마음은 참으로 묘한 녀석이다.

천은사의 원래 이름은 감로사였다고 한다. 절 이름이 바뀐 이유는 단유선사가 절을 중수할 무렵 절의 샘가에 큰 구렁이가 자주 나타나 사람들을 무서움에 떨게 했단다. 한 스님이 용기를 내어 잡아 죽였으나 그 이후로는 샘에서 물이 솟지 않았다고 한다. 그래서 '샘이 숨었다'는 뜻으로 천은사라는 이름이 붙었다고 한다.

그런데 절 이름을 바꾸고 가람을 크게 중창은 했지만 절에는 여러 차례 화재가 발생하는 등의 불상사가 끊임없이 일어났다. 마을사람들은 입을 모아 절의 수기(水氣)를 지켜주던 이무기가 죽은 탓이라 하였다. 얼마 뒤 조선의 4대 명필가의 한 사람인 원교 이광사가 절에 들렀다. 사연을 듣고 마치 물이 흘러 떨어질

천은사의 한글 이름 '숨은샘'

듯한 필체로 '지리산 천은사'라는 글씨를 써 주면서 이 글씨를
현판으로 일주문에 걸면 다시는 화재가 생기지 않을 것이라 하
였다. 사람들은 의아해하면서도 그대로 따랐더니 신기하게도 이
후로는 화재가 나지 않았다고 한다.

샘이 숨은 절, 천은사는 빛깔이 예쁜 절이다. 검은빛의 절집은
편안하고 안정감이 있다. 대적광전 앞마당을 걸을 때면 깊은 고
요에 빠지게 된다. 지리산 자락의 많은 절과 그 절들이 간직하고
있는 문화재와 비교되길 거부하는 또 다른 매력, 천은사는 그런
곳이다.

천은사에서의 영화 상영, 오랜 시간 준비되거나 고민하진 않았
다. 김수환 추기경, 법정 스님 등 우리나라 종교계를 대표하는 분

들이 세상과 이별하며, 그분들의 삶과 죽음이 아름답게 느껴졌듯이 우리들의 삶도 단순하고 소박하길 원했다. 세상과의 이별도 담담하고 아름답길 바라는 마음에서 '아름다운 마무리'와 관련한 영화를 보는 게 좋겠다고 생각되어, 전에 봤던 두 편의 영화를 골랐다.

일본 타키타 요지로 감독의 〈굿바이〉, 임권택 감독의 〈축제〉. 둘 다 오래된 영화이고, 대중적 인기를 누렸던 영화가 아니다. '왜 하필 그 영화냐?'고 묻는 사람도 있었다. 달리 할 말이 없었다. '좋아요. 같이 보고 싶었어요. 천은사에서 보면 더 좋을 것 같아서요.'

11월 26일, 하루 종일 지리산 위 하늘이 어둑했다. 비가 오려나, 눈이 오면 좋을 텐데, 낮 3시부터 예정되어 있던 소나무숲길 걷기는 취소했다. 기운이 서늘한 날, 약간은 우울한 날, 숲 안으로 들어가는 게 썩 당기지 않았기 때문이다.

영화제의 첫 영화는
〈굿바이〉였다.

어둠이 내리는 시간, 천은사 공양간에서 공양을 했다. 절집 음식은 맛나다고, 칭찬하는 소리가 여기저기가 나왔다. 공양과 영화 상영시간, 사이 시간엔 이야기도 나누고, 천은사도 돌아보고, 원하는 사람은 예불에도 참석했다. 따스하고 평화로운 삶을 위한 기도, 오늘은 마무리가 좋으려나 보다.

〈굿바이〉. 영화가 시작되려는 찰라, 눈발이 날렸다. 올해, 지리산에 들어와 맞이한 첫눈이다. 오늘은 아무래도 마무리가 좋으려나 보다. 절집에 사는 스님과 보살님들, 남원과 구례에 사는 주민들 30여 명이 두 시간 동안 조용히, 각자가 간직한 상처와 기쁨에 따라 서로 다른 장면에서 눈시울을 적시며 영화를 봤다.

사는 동안 항상 좋을 수는 없다. 하지만 어떤 상황에서도 삶의 의미를 놓치지 않고, 삶을 마무리하는 순간에도, 삶이 마무리된 이후에도 인연이 소중하다는 걸 느끼게 해주는, 그런 마음으로 살아야겠다는 마음이 들도록 하는 영화였다. 다들, 천은사에서 보니 더 깊은 여운이 남는다는 말을 잊지 않았다.

12월 3일엔 축제를 본다, 숨은샘 영화제의 두 번째 영화 〈축제〉는 매일을 축제처럼 살고 싶은 사람들과 같이 보고 싶다. 모두의 작은 축제 '숨은샘 영화제'에 당신을 초대한다. (2012. 12. 03)

구층암의 쉼,
너를 위한 기도, 나를 위한 기원

동짓날. 동지는 일 년 중 밤이 가장 긴 날이다. 밤이 길고 깊은 날, 동지는 어둠이 빛나는 날이기도 하다. 동짓날은 밑바닥을 친 어둠이 더 이상은 견딜 수 없어 밝고 투명함에 자리를 내어주는 날이다. 어둠과 밝음이 맞닿아 있음을 느끼게 해주는 날이기도 하다.

해마다 동짓날이면 구례 사람들은 동지모임을 한다. 동지모임은 팥죽을 먹으며, 지난 1년을 돌아보고, 오는 해엔 더 건강하고 씩씩하게 살아보자고 서로를 격려하는 자리이다. 2012년 동짓날, 구례 사람들이 구례성당 만나의집(만남의집이 아니라 만나의집이다. 만나는 이스라엘 민족이 모세의 인도로 이집트를 빠져나와 가나안으로 갈 때 광야 생활을 하는 동안 여호와로부터 받은 특별한 식량이다.)에서 동지모임을 가졌다. 그 시간, 한 달에 한 번만이라도 맘 편히 쉬고 싶은 여성 11명은 화엄사 구층암에 모였다.

화엄사 구층암

구층암은 화엄사 대웅전에서 지리산을 향해 5분쯤 올라가면 나오는 작은 절집이다. 구층암은 사방이 대나무로 쌓여 있는 데다가 계곡이 바로 옆에 있어 여러 소리들이 끊이지 않는 곳이다. 그런데 구층암의 소리들은 어느 시간, 무중력 상태에 빠진 것처럼 고요하게 잠들어버린다. 소리의 신비, 찰나의 고요는 도량석전 별빛 아래 서 있을 때, 큰 비와 눈이 내리기 직전 세상이 검은 빛으로 변할 때, 천불보전이 달빛으로 가득할 때 찾아온다.

구층암. 이름만으로는 9층 석탑 하나쯤은 있어야 할 것 같은 이곳엔 그지없이 소박한 3층 석탑과 승방, 천불보전, 그리고 모과나무 기둥이 있다. 우리나라 절집 중 모과나무를 모양 그대로의 기둥으로 사용한 곳은 구층암이 유일하지 않은가 싶다. 모과나무를 몹시 사랑한 어느 스님이 절집 마당에서 자라던 모과나무를 승방과 대중방 기둥으로 사용했을 것이다. 모과나무는 죽어서도 구층암과 함께하며 구층암을 향기 나게 한다. 행복한 인연이다.

도량석

새벽 3시, 이 땅의 절집이 깨어나는 시간이다. 목탁과 염불소리로 세상을 깨우고 스스로 깨어 세상 안에 존재함을 확인하는 시간이다.

목탁과 염불소리에 주섬주섬 양말을 신고, 잠바를 걸친 뒤 마당을 나섰다. 종종 걸음으로 구층암을 나서서 각황전까지 가는

쉬자, 잘 쉬자. 어디에 있든, 뭘 하든,
마음이 평화로우면 그것이 쉼이다.

동안 침묵과 고요를 뚫고 여러 생각들이 머리를 비집고 들어왔다. 집엔 별일 없는지, 식구들은 밥이나 챙겨 먹는지, 집 나간 아이의 잠자리는 따뜻한지, 2박3일 편히 쉬겠다고 집을 나섰으나 우리는 여전히 집 안에 있었다. 50년을 이렇게 살아왔으니 어쩔 수 없는 일이다.

절, 지심귀명례, 절, 지심귀명례, 절…. 오늘 하루, 다들 잘 지내길, 나와 인연 맺은 모든 존재들이 평안하기를 빌었다. 나를 존재하게 한 기억의 저편과 내 맘을 불편하게 한 이편의 흔적들이 평화롭게 흩어져버리기를 또 빌었다. 이렇게 하루를 시작할 수 있으니 나는 복된 사람이다.

밥 그리고 차

구층암 공양은 집밥과 다르지 않다. 맛도 그렇고, 정성도 그렇고, 분위기도 그렇다. 17년째 구층암 공양간을 지키는 보살님의 솜씨는 내 어머니의 솜씨와 너무도 닮아 있었다. 집을 나선 뒤 맛보기 힘들던 어머니의 맛과 느낌, 아무래도 구층암에 자주 올 것 같다.

공양 뒤, 예불 뒤, 산책 뒤, 구층암에서는 당연히 차를 마신다. 차에 관심 많던 덕재 스님은 5년 전 구층암에 들어오며 차와 더 깊은 인연을 맺게 되었다고 한다. 대나무 아래에서, 자연의 기운을 내면화시킨 차, 기계의 힘을 빌리지 않고 손으로 비비고, 덖은 차에선 사람과 자연의 숨결이 흐른다.

차에 관심을 보이는 우리를 덕재 스님은 구층암 뒤 대나무 밭으로 안내했다. 덕재 스님은 대나무 아래 차나무에서 딴 잎이 최고라고, 어디처럼 반듯한 밭에서 크는 차가 아니니 따기도 힘들지만 그래도 이렇게 자란 차라야 제맛이 난다고 했다. 구층암 차나무들은 따는 사람도, 만드는 사람도, 마시는 사람도, "아! 그렇구나. 그래서 입안에 향기가 오래 머무는구나. 부드럽구나."며 고개를 끄덕이게 한다. 소중한 마음을 들게 한다.

서원의 삶

화엄사 각황전 뒤엔 화엄사를 창건한 연기조사가 어머니에게 차를 공양하는 상이 있다. 이와 함께 연기조사의 어머니라 전하는 분이 합장한 채 서 있는 4사자삼층석탑이 있다. 연기조사는 어머니에게 차를 올리며 무엇을 소원했을까?

긴 잠에서 깨어나며, 생명평화 100배 절 명상을 했다. 4사자삼층석탑을 이리저리 돌아보며, 연기암 관음전에서 눈앞에 펼쳐진 지리산자락을 바라보았다. 매순간 놓치지 않고 계속되는 맹세와 기원, 우리의 삶은 서원의 삶이기도 하다.

태어나 마무리할 때까지 늘 신세 지고, 언제나 주고받으니, 나와 너를 위해서 매일을 기도하는 마음으로 살아야 하는데 실상 그렇지 못하다. 내 안은 오만과 독선으로 가득하다. 분노와 성냄이 온몸에 펴져나가 나를 헤치고 남을 헤칠 때가 많다. 너를 위한 기도, 나를 위한 기원, 서원의 삶이 우리를 조금씩 변화시킬 것으로 믿는다.

쉼

쉼, 모여야 쉴 수 있는 건 아니다. 어디에 있든, 뭘 하든, 마음이 평화로우면 그게 쉼인데 그런데 우리는 왜 모일까? 모여서 먹고, 모여서 웃고, 모여서 걸으면 왜 힘이 날까?

내 상황을 말하고, 주변의 공감을 얻고, 비슷한 상황에 대해 듣고, 그러면 마음이 열린다. 나에게 닥친 아픔과 힘듦이, 어떤 건 내 마음을 바꿔야 하고, 또 어떤 건 세상을 바꿔야만 가능한 일임을 알면서도 외면했었다. 그런데 함께 갈 사람들이 있으니, 그 사람들과 손잡게 되니 든든해진다.

한 달에 한 번, 위안과 위로, 평화의 시간으로 초대되니 참으로 감사하다. 이 시간은 나보다 더 힘겹게 살아가는, 지금 이 시간에도 치열하게 싸우고 있는 내 언니와 동생들에게도 권하고 싶은 시간이다. 너의 존재가 나에게, 우리에게 따뜻함일 수 있으니, 정말 다행이다. (2013. 01. 23)

윤주옥

환경운동연합, 환경과공해연구회 자원활동, 생태보전시민모임 정책실장 등을 거쳐 2000년부터 국립공원을지키는시민의모임(이하 국시모) 사무처장으로 일했다. 현재 국시모 실행위원장, 지리산권시민사회단체협의회 대표, 국시모 지리산사람들 대표, (사)반달곰친구들 이사 등을 맡고 있다. 2008년 지리산 자락 구례로 귀촌해 지리산국립공원과 지역사회, 주민이 더불어 행복한 세상을 지향하며 여러 활동을 하고 있다. 단순·소박한 삶을 꿈꾸는 그녀는, 운명처럼 다가온 지리산에 늘 감사한다.

1967년은 지리산이 우리나라 최초의 국립공원으로 지정된 해입니다. 그러니 올해는 국립공원 지정 50년이 되는 해이지요. 국립공원은 야생동식물의 마지막 피난처이며, 생물종다양성의 보고입니다. 또한 국립공원은 그 자락에 사는 사람들의 삶과 문화가 있는 곳입니다. 산과 바다, 야생동식물 등의 보전은 외침이 아니라 함께 살아야 할 존재에 대한 소통과 이해로부터 출발합니다. 이 책은 국립공원의 의미와 가치를 널리 알리고, 물질만능, 성장 중심의 삶을 공존과 평화, 더불어 살아가는 삶으로 바꿔야 한다는 마음으로 〈국립공원을지키는시민의모임〉과 함께 기획했습니다.

표지·본문 사진 _ 허명구

:: 산지니 · 해피북미디어가 펴낸 큰글씨책 ::

문학

북양어장 가는 길 최희철 지음

지리산 아! 사람아 윤주옥 지음

지옥 만세 임정연 지음

보약과 상약 김소희 지음

우리들은 없어지지 않았어 이병철 산문집

닥터 아나키스트 정영인 지음

팔팔 끓고 나서 4분간 정우련 소설집

실금 하나 정정화 소설집

시로부터 최영철 산문집

베를린 육아 1년 남정미 지음

유방암이지만 비키니는 입고 싶어 미스킴라일락 지음

내가 선택한 일터, 싱가포르에서 임효진 지음

내일을 생각하는 오늘의 식탁 전혜연 지음

이렇게 웃고 살아도 되나 조혜원 지음

랑(전2권) 김문주 장편소설

데린쿠유(전2권) 안지숙 장편소설

볼리비아 우표(전2권) 강이라 소설집

마니석, 고요한 울림(전2권)
페마체덴 지음 | 김미헌 옮김

방마다 문이 열리고 최시은 소설집

해상화열전(전6권) 한방경 지음 | 김영옥 옮김

유산(전2권) 박정선 장편소설

신불산(전2권) 안재성 지음

나의 아버지 박판수(전2권) 안재성 지음

나는 장성택입니다(전2권) 정광모 소설집

우리들, 킴(전2권) 황은덕 소설집

거기서, 도란도란(전2권) 이상섭 팩션집

폭식광대 권리 소설집

생각하는 사람들(전2권) 정영선 장편소설

삼겹살(전2권) 정형남 장편소설

1980(전2권) 노재열 장편소설

물의 시간(전2권) 정영선 장편소설

나는 나(전2권) 가네코 후미코 옥중수기

토스쿠(전2권) 정광모 장편소설

가을의 유머 박정선 장편소설

붉은 등, 닫힌 문, 출구 없음(전2권) 김비 장편소설

편지 정태규 창작집

진경산수 정형남 소설집

노루똥 정형남 소설집

유마도(전2권) 강남주 장편소설

레드 아일랜드(전2권) 김유철 장편소설

화염의 탑(전2권) 후루카와 가오루 지음 | 조정민 옮김

감꽃 떨어질 때(전2권) 정형남 장편소설

칼춤(전2권) 김춘복 장편소설

목화—소설 문익점(전2권) 표성흠 장편소설

번개와 천둥(전2권) 이규정 장편소설

밤의 눈(전2권) 조갑상 장편소설

사할린(전5권) 이규정 현장취재 장편소설

테하차피의 달 조갑상 소설집

무위능력 김종목 시조집

금정산을 보냈다 최영철 시집

인문

범죄의 재구성 곽명달 지음

역사의 블랙박스, 왜성 재발견
신동명·최상원·김영동 지음

깨달음 김종의 지음

공자와 소크라테스 이병훈 지음

한비자, 제국을 말하다 정천구 지음

맹자독설 정천구 지음

엔딩 노트 이기숙 지음

시칠리아 풍경 아서 스탠리 리그스 지음 | 김희정 옮김

고종, 근대 지식을 읽다 윤지양 지음

골목상인 분투기 이정식 지음

다시 시월 1979 10·16부마항쟁연구소 엮음

중국 내셔널리즘 오노데라 시로 지음 | 김하림 옮김

파리의 독립운동가 서영해 정상천 지음

삼국유사, 바다를 만나다 정천구 지음

대한민국 명찰답사 33 한정갑 지음

효 사상과 불교 도웅스님 지음

지역에서 행복하게 출판하기 강수걸 외 지음

재미있는 사찰이야기 한정갑 지음

귀농, 참 좋다 장병윤 지음

당당한 안녕-죽음을 배우다 이기숙 지음

모녀5세대 이기숙 지음

한 권으로 읽는 중국문화
공봉진·이강인·조윤경 지음

차의 책 The Book of Tea
오카쿠라 텐신 지음 | 정천구 옮김

불교(佛敎)와 마음 황정원 지음

논어, 그 일상의 정치(전5권) 정천구 지음

중용, 어울림의 길(전3권) 정천구 지음

맹자, 시대를 찌르다(전5권) 정천구 지음

한비자, 난세의 통치학(전5권) 정천구 지음

대학, 정치를 배우다(전4권) 정천구 지음